Ludwig Thoma
Moral

SERIE PIPER
Band 297

Zu diesem Buch

In Emilsburg, der Hauptstadt des Herzogtums Gerolstein, ist ein Sittlichkeitsverein gegründet worden, der sich die Verteidigung der staatserhaltenden Moral zum Ziel gesetzt hat. Ihm gehören die Honoratioren der Stadt an. Sie predigen öffentlich Tugend und Sitte und gehen heimlich Vergnügungen nach, die den Vereinsstatuten widersprechen.

Da wird eines Tages eine Dame von zweifelhaftem Ruf, Therese Hochstetter alias Ninon de Hauteville, verhaftet, und die Polizei beschlagnahmt ihr Tagebuch, in dem die Namen ihrer Kunden verzeichnet sind. Der Sittlichkeitsverein gerät in Aufruhr. Die ehrenwerten Herren versuchen aus gutem Grunde alles, um eine Aufklärung oder gar einen Prozeß zu verhindern – und haben dabei sogar Erfolg. Moral, so heißt es am Schluß, sei nötig, um die unteren Klassen im Zaum zu halten; für Adel und staatstragendes Bürgertum gelte sie nur bedingt. Madame de Hauteville und der Präsident des Sittlichkeitsvereins profitieren gleichermaßen davon: Jene erhält ein stattliches Schweigegeld und dieser einen Orden.

Ludwig Thoma begann die Komödie von der »Moral« im Oktober 1906 – während einer sechswöchigen Gefängnisstrafe, zu der ihn das königliche Landgericht in Stuttgart wegen Beleidigung zweier Vertreter der »Allgemeinen Konferenz der deutschen Sittlichkeitsvereine« verurteilt hatte. Sein Stück nimmt die verlogenen Begriffe von Sittlichkeit, Anstand und Recht aufs Korn, mit denen sich das Besitzbürgertum brüstete. Die »Moral« wurde am 20. November 1908 auf dem »Kleinen Theater« in Berlin uraufgeführt; sie wurde Thomas erfolgreichstes Stück.

Ludwig Thoma wurde am 21. Januar 1867 in Oberammergau geboren. Wie seine Vorfahren wollte er Förster werden, brach jedoch nach kurzer Zeit das Studium an der kgl. Forstanstalt in Aschaffenburg ab. Er studierte in München und Erlangen Rechtswissenschaften und ließ sich zunächst in Dachau, später in München als Rechtsanwalt nieder. Nebenbei begann er zu schreiben; erste Erzählungen erschienen in der »Abendzeitung« und in der »Jugend«. 1899 wurde Thoma in die Redaktion der satirischen Zeitschrift »Simplicissimus« berufen.

Seine humoristischen Erzählungen und Lustspiele, aber auch seine ernsten Romane und Geschichten zeigen ihn als einen unbestechlichen Beobachter der menschlichen Gesellschaft und des bäuerlichen Lebens seiner oberbayerischen Heimat.

Ludwig Thoma starb am 26. August 1921 in Rottach am Tegernsee.

Ludwig Thoma

MORAL

Komödie in drei Akten

Textrevision und Nachwort von
Bernhard Gajek

R. Piper & Co. Verlag
München Zürich

Von Ludwig Thoma liegen in der Serie Piper außerdem vor:
Heilige Nacht (262)
Der Wilderer (321)
Münchnerinnen (339)
Tante Frieda (379)
Weitere Werke sind in Vorbereitung.

ISBN 3-492-00597-7
2. Auflage, 7.–11. Tausend April 1985

Umschlag: Disegno
Gesamtherstellung: Clausen & Bosse, Leck
Printed in Germany

Münchner Schauspielhaus.

Maximilianstraße 34/35.

Direktion: J. G. Stollberg — G. Schmederer.

Samstag den 21. November 1908, abends 7½ Uhr

Uraufführung:

Moral.

Komödie in drei Akten vnn Ludwig Thoma.

Inszeniert von J. G. Stollberg.

Personen:

Fritz Beermann, Rentier	Friedr. Carl Peppler.
Lina Beermann, seine Frau	Margarethe Tondeur.
Effie, beider Tochter	Consuela Nicoletti.
Adolf Bolland, Kommerzienrat	Ludwig Heller.
Klara Bolland, seine Frau	Hildegard Osterloh.
Dr. Hauser, Justizrat	Siegfried Raabe.
Frau Lund, eine alte Dame	Anna Leonardi.
Hans Jakob Dobler, Dichter	Rolf Randolf.
Frl. Koch-Pinneberg, Malerin	Lili Breda.
Otto Wasner, Gymnasiallehrer	Max Eßlair.
Frhr. v. Simbach, herzogl. Polizeipräsident	Colla Jessen.
Oskar Ströbel, herzogl. Polizeiassessor	Richard Godai.
Madame Ninon de Hauteville, eine Private	Ottilie Gerhäuser.
Frhr. Botho v. Schmettau, gen. Zürnberg, herzogl. Kammerherr und Adjutant	Gustav Waldau.
Josef Reisacher, ein Schreiber	Julius Seger.
Betty, Zimmermädchen bei Beermann	Marga Ruf.
Erster Lohndiener	Edmund Schiemer.
Zweiter Lohndiener	Georg Weber.
Ein Schutzmann	Otto Spannagl.

Ort der Handlung: Emilsburg, Hauptstadt des Herzogtums Gerolstein.
Der erste und dritte Akt spielen im Hause des Rentier Fritz Beermann, der zweite Akt spielt im Polizeigebäude. Zeit: Von Sonntag mittag bis Montag abend.

Pausen nach dem ersten und zweiten Akte.

Theaterzettel zur Erstaufführung im Münchener Schauspielhaus am 21. November 1908

PERSONEN

Fritz Beermann, Rentier
Lina Beermann, seine Frau
Effie, beider Tochter
Adolf Bolland, Kommerzienrat
Klara Bolland, seine Frau
Dr. Hauser, Justizrat
Frau Lund, eine alte Dame
Hans Jakob Dobler, Dichter
Frl. Koch-Pinneberg, Malerin
Otto Wasner, Gymnasiallehrer
Frhr. von Simbach, herzogl. Polizeipräsident
Oskar Ströbel, herzogl. Polizeiassessor
Madame Ninon de Hauteville, eine Private
Freiherr Botho von Schmettau, genannt Zürnberg, herzogl. Kammerherr und Adjutant
Josef Reisacher, ein Schreiber
Betty, Zimmermädchen bei Beermann
Zwei Lohndiener
Ein Schutzmann

Szenerie

Ort der Handlung: Emilsburg, Hauptstadt des Herzogtums Gerolstein.
Der erste und dritte Akt spielen im Hause des Rentier Fritz Beermann, der zweite Akt spielt im Polizeigebäude.
Zeit: Von Sonntag mittag bis Montag abend.

Bemerkungen für die Darsteller

Beermann, Fünfziger, jovial, beleibt, Backenbart mit ausrasiertem Kinn.

Frau Beermann, Ende der vierzig, frische, stattliche Frau.
Frau Lund, achtundsechzig Jahre alt, zierliche Erscheinung, lebhaft in der Bewegung, trägt gut toupiertes weißes Haar.
Frau Bolland, Ende der vierzig, groß, dick.
Otto Wasner, blonder Germane, tiefer Baß, großer Vollbart, trägt Zwicker, die Schnur über das rechte Ohr geschlungen.
Hans Jakob Dobler, schlecht geschnittener Gehrock, ungepflegter Schnurrbart und Knebelbart.
Frl. Koch-Pinneberg, Reformkleid.
Dr. Hauser, Fünfziger, glattrasiert, goldene Brille.
von Schmettau, Ende der fünfzig, schlank, Hofmann, Haar- und Barttracht à la Papa Wrangel.
Mme. Hauteville, Ende der zwanzig, auffallende Eleganz, hübsche Erscheinung.

ERSTER AKT

Rauchzimmer bei Rentier Beermann. Im Hintergrunde links Flügeltür, die in den Speisesaal führt. Rechts eine kleinere Türe zum Musikzimmer. An der Seite links eine Türe, die in den Gang führt. Links vorne ein kleiner Erker, in dem ein Spieltisch steht. Rechts vorne ein Sofa, bequeme Stühle; gegen den Hintergrund ein Tisch, auf dem Kaffee serviert ist; ein zweiter Tisch, auf dem Zigarrenkisten stehen.

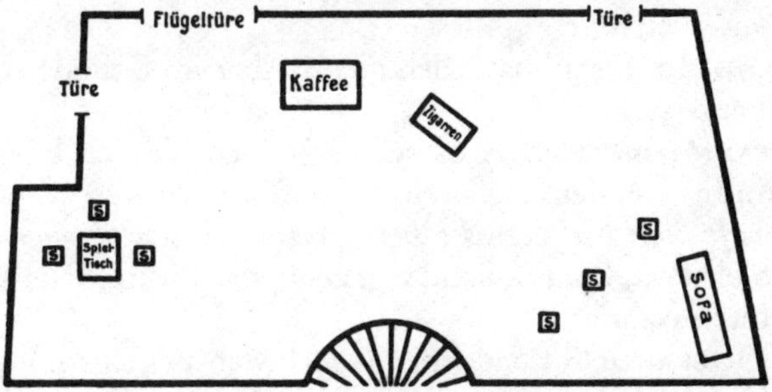

Erste Szene

Ein Lohndiener ist am Kaffeetisch beschäftigt; ein zweiter öffnet die Flügeltüre links. Man hört Stimmengewirr, Stühlerücken. Dann kommen durch die Flügeltüre Bolland mit Frau Beermann, Beermann mit Frau Bolland, Dr. Hauser mit Effie, Wasner mit Frl. Koch-Pinneberg; Dobler. Allgemeines Mahlzeit! *Wasner teilt nach allen Seiten turnerische Händedrücke aus; geht zu Frau Beermann:* Ich wünsche gesegnete Mahlzeit! *Die Diener servieren Kaffee. Beermann ist mit Bolland nach vorne gegangen.*

BOLLAND: Sie kriegen zweitausend Stimmen mehr als der Sozialdemokrat. Das ist sicher.
BEERMANN *zweifelnd:* Na – na!
BOLLAND: Wenn das ganze liberale Bürgertum mit den Konservativen zusammengeht? Ich bitte Sie!

BEERMANN *vom Diener eine Kaffeetasse nehmend:* Wenn ...
BOLLAND: Der Zusammenschluß ist da. Er ist die natürliche Entwicklung. Glauben Sie einem Praktiker: die Zeit für Nüancen ist vorbei; es geht um den Besitz.
WASNER *ist hinzugetreten:* Und ganz Deutschland schart sich um die nationale Fahne.
BEERMANN: Aber wir haben doch überall Widersprüche. Ich merke es am besten an dem, was ich nicht sagen darf.
BOLLAND: Wieso?
BEERMANN: Zum Beispiel übermorgen im freisinnigen Wahlverein. Da darf ich doch nicht das gleiche reden wie gestern bei den Konservativen?
BOLLAND: Im Detail natürlich nicht. Aber im Grunde genommen ist es dasselbe.
BEERMANN *trinkt:* Ist es dasselbe? Wissen Sie, ich bin schon ganz konfus von dem Lavieren.
EFFIE *ruft vom Kaffeetische her, wo sie bei den übrigen steht:* Papa! Siehst du, Frau Bolland sagt auch, daß die indische Tänzerin so interessant ist.
FRAU BOLLAND: Rasend interessant! Man begreift mit einem Male das ganze Indien.
EFFIE: Warum sind wir noch nicht hingegangen?
FRAU BOLLAND: Aber Sie müssen hingehen! Mir hat Professor Stöhr gesagt, er hat noch nie so was Grrroßartiges gesehen.
FRÄULEIN KOCH-PINNEBERG: Sie wirkt so als Fleck.
FRAU BOLLAND: Ich habe nicht geahnt, daß indisch so hübsch sein kann.
BEERMANN: Wir können sie ja mal ansehen.
EFFIE: Aber sie tritt nur noch morgen auf.
BEERMANN *zum Zigarrentisch gehend:* Schön. Dann erinnere mich morgen daran. *Nimmt eine Kiste und bietet dem zunächststehenden Dobler an.* Rauchen Sie?
DOBLER *nimmt:* Ja, aber Importen bin ich eigentlich nicht gewohnt.
BEERMANN *wohlwollend:* Das gute Leben lernt sich schnell.
BOLLAND *zu Dobler:* Sie sind noch nicht lange hier?
DOBLER: Seit zwei Jahren.
BOLLAND: Und vorher waren Sie in ... äh ...

FRAU BOLLAND: In Unterschlettenbach. Das weiß man doch ...
BOLLAND *sich verbessernd:* Natürlich. Aus der Literaturgeschichte. Es muß übrigens 'n sehr interessanter Ort sein.
DOBLER: Klein und sehr arm, Herr Kommerzienrat. Die meisten Leute sind Pfannenflicker.
BOLLAND: Sehen Sie mal! Das wußte ich gar nicht. So ... Pfannenflicker? Aber sagen Sie, wie kommt Ihnen dann das Leben hier vor? So ... Das großstädtische ... elegante?
DOBLER *die Zigarre anzündend:* Es gefällt mir gut. Aber es bleibt einem innerlich fremd.
BOLLAND: Ungewohnt?
DOBLER: Es ist alles anders. Oft kommt es mir vor, als wäre ich nur rasch in ein prächtiges Haus gegangen, aber draußen wartet mein Kamerad, das alte Leben.
FRAU BOLLAND: Wun–der–voll! Das ist ganz wundervoll gesagt. Man sieht es förmlich. Überhaupt, Herr Dobler, ich muß Ihnen sagen, Ihr Roman! Mein Mann und ich, wir reden den ganzen Tag davon.
BOLLAND: Sagen Sie mal, der junge Mensch, der darin vorkommt; haben Sie sich da eigentlich selbst gezeichnet?
DOBLER: Es ist meine Jugend, ja.
BOLLAND: Aber doch mit dichterischer Phantasie ausgeschmückt?
DOBLER: M–ja.
BOLLAND: Zum Beispiel: Sie haben doch nicht wirklich gehungert?
DOBLER: Gewiß. Da ist nichts erdichtet.
BOLLAND: So wie Sie's geschildert haben? Daß Ihnen alles rot vorgekommen ist?
DOBLER: Daß mir alles rot vorgekommen ist. Ich habe einmal vier und einen halben Tag keinen Bissen gegessen.
FRAU BEERMANN *bedauernd:* Ach Gott!
FRAU BOLLAND: Das ist rasend interessant!
BOLLAND: Bitte, erzählen Sie uns genau. Es hat Ihnen geflimmert?
DOBLER: Ich sah alle Dinge wie durch einen Schleier, und alle Dinge hatten einen rosaroten Reifen. Und dann schwächte sich das Gehör.

BOLLAND: Soo? Das Gehör auch?
DOBLER: Ja. Wenn jemand neben mir sprach, das war so, als wenn es weit, weit entfernt wäre.
FRAU BOLLAND: Davon hat man nun eigentlich gar keine Ahnung!
BEERMANN: Und wie ging's weiter?
DOBLER: Wieso?
BEERMANN: Na, einmal müssen Sie ja doch wieder was gegessen haben?
DOBLER: Ich bin ohnmächtig auf einer Wiese gelegen, und da hat man mich gefunden und ins Krankenhaus gebracht.
FRAU BEERMANN *mit einem Seufzer:* Daß es so etwas immer noch geben kann!
FRAU BOLLAND: Ich bitte Sie, unter diesen Idealisten!
HAUSER: Die sind das nicht anders gewohnt.
BEERMANN: Wie haben Sie sich dann rausgemacht?
DOBLER: So nach und nach. Ich war Buchdrucker und habe Stellung gefunden.
BOLLAND: Das kommt auch im Roman vor. Aber, nicht wahr, das stimmt nicht, daß Sie als Handwerksbursch gereist sind?
DOBLER: Ich war dreiviertel Jahr auf der Walze.
FRAU BOLLAND: Walze! So was Echtes!
FRÄULEIN KOCH-PINNEBERG: Das stelle ich mir fein vor, als Handwerksbursch wandern.
DOBLER: Ja, wenn man soviel Geld hat, daß man sich wenigstens ein Stück Brot kaufen kann. Aber es kommt auch anders. Wir waren damals zu dritt und sind von Basel aufwärts, einmal links und einmal rechts über den Rhein. In Worms ging uns das Geld aus, und da war nichts zu machen, als fechten.
FRAU BOLLAND *verständnislos:* Was ist das? Fechten?
DOBLER *pathetisch:* Betteln, gnädige Frau. Betteln ums liebe Brot. *Alle schweigen. In die Stille tönt laut die Stimme des Dieners, der Liköre serviert:* Cognac vieux! Fine Champagne! Chartreuse!
BEERMANN *nimmt ein Glas:* Einem gebildeten Menschen muß so was unangenehm sein. Was?
DOBLER *nimmt ein Glas Kognak:* Ja nu! *Trinkt.* Die Empfindlichkeit verliert sich. Das erstemal will's nicht gehen, aber dann

lernt sich's. Einen heißen Tag auf der Landstraße, daß man jeden Nagel spürt. Und der Staub verklebt die Augen, und immer weiter und weiter. Dann kommt der Abend. Vor einem liegt das Dorf, aus allen Schornsteinen raucht es und heimelt an. Da zieht man den Hut und bettelt um die warme Suppe. *Kleine Pause.*

WASNER *im tiefen Basse:* Heimatkunst!

BOLLAND: Mich erinnert die Geschichte kolossal an meinen seligen Vater.

FRAU BOLLAND: Aber Adolf!

BOLLAND: Wenn ich dir sage ...

FRAU BOLLAND: Wie kann man so was vergleichen? Herr Dobler ist ein berühmter Dichter geworden.

BOLLAND: Na, vielleicht kann man behaupten, daß es mein Vater auch zu was gebracht hat. Als er starb, standen über vierhundert Arbeiter an seinem Sarge.

FRAU BOLLAND *ungeduldig:* Das weiß man schon ... Herr Dobler, haben Sie schon als Handwerksbursche Gedichte gemacht?

DOBLER: Nein. Das kam später.

FRAU BOLLAND: Ich muß Ihren Roman gleich noch einmal lesen. Wo ich jetzt das Persönliche weiß ...

FRAU BEERMANN *zu Wasner:* Sie wollten doch singen, Herr Professor? Effie wird Sie begleiten.

WASNER: Wenn das gnädige Fräulein die Liebenswürdigkeit haben will ... aber ich weiß nicht, ob ich bei Stimme bin ...

FRAU BOLLAND: Sie singen so grrroß–artig!

WASNER *im Abgehen:* Aber die vielen Versammlungen jetzt! Die Politik ruiniert auch die Stimme.

FRÄULEIN KOCH-PINNEBERG: Machen Sie uns die Freude. *Frau Bolland, Frau Beermann, Wasner, Frl. Koch, Effie ab ins Musikzimmer.*

Zweite Szene

Herr Beermann. Herr Bolland. Dobler. Dr. Hauser.

BEERMANN: Schade, daß der Professor singt. Sonst könnten wir unsern Skat anfangen. Darf ich noch Kognak anbieten?
HAUSER: Nein. Danke.
DOBLER: Wirklich nicht. *Bolland hat sich auf das Sofa gesetzt; Hauser, Dobler setzen sich auf Stühle. Beermann nimmt sich eine neue Zigarre. Ein Lohndiener geht ins Musikzimmer; wenn er die Türe öffnet, hört man Töne eines Pianos.*
BOLLAND: Wie ich Ihnen sagte, Herr Dobler: Ihre Geschichte vorhin hat mich kolossal an meinen Vater erinnert.
HAUSER: An den Geheimen Kommerzienrat Bolland?
BOLLAND *setzt sich zurück; schlägt ein Bein übers andere:* Der aber nicht immer der reiche Kommerzienrat war. *Sich zu Dobler wendend:* Stellen Sie sich vor, eine Winterlandschaft. Strenge Kälte, alles in Schnee gehüllt, grauer Himmel. Es schneit und schneit, da geht, oder, besser gesagt, da wankt auf der Straße von Perleberg, die durch den Perleberger Forst führt, ein junger Mensch. Ein halbverhungerter, junger Mensch. *Macht affektiert eine Pause und klopft die Asche von der Zigarre. Aus dem Musikzimmer kommt der Lohndiener herein, holt ein Glas Wasser und geht wieder hinaus. Während er die Türe offen läßt, hört man Professor Wasner singen. Tremolierender Baßbariton:*

In deinen Augen hab ich einst gelesen
Von Lieb' und Glück – von Lieb'
und Glück den Schein ...

Die Türe fällt ins Schloß, man hört nichts mehr.
BOLLAND *hat inzwischen weiter gesprochen:* Die Flocken fallen dichter und dichter, und weil der junge Mensch par tout nichts im Magen hatte, bekommt er 'ne Schwäche und setzt sich auf ein Bündel Reisig und schläft ein. Zum größten Glück kommt ein Perleberger Bürger des Wegs und sieht den halb eingeschneiten Jungen und nimmt ihn mit heim. *Pausiert.* Und dieser Junge wurde späterhin mein Vater ...
HAUSER: Und Geheimer Kommerzienrat.
BOLLAND: Und Geheimer Kommerzienrat. *Zu Dobler:* Aber

sagen Sie selbst, ist das nicht merkwürdig? Ist das nicht ’n Roman?

DOBLER: Ja, ja ...

BOLLAND: Das könnten Sie doch sehr schön verwenden! Denken Sie, der arme Junge, die Schneelandschaft ...

HAUSER: Das Bündel Reisig.

DOBLER: Das Leben hat originelle Einfälle und spielt gerne mit Kontrasten.

BOLLAND: Das ist das richtige Wort. Es spielt mit Kontrasten.

HAUSER: Aber originell? Die Geschichte wiederholt sich zu oft.

BOLLAND: Was wiederholt sich?

HAUSER: Die Geschichte vom armen Jungen, der Millionär wird. Jede große Fabrik hat so’n Papa.

BOLLAND: Glauben Sie?

HAUSER: Und er wird immer noch ärmer. Ihr Sohn wird den Jungen ganz erfrieren lassen.

BOLLAND: Ich gebe mein Ehrenwort, daß die Sache so war. *Zu Dobler:* Sie sollten sich den Stoff nicht entgehen lassen. Wie er das Geschäft gründete, und wie es allmählich wuchs und wuchs ... *Frau Beermann kommt aus dem Musikzimmer. Man hört den Professor tremolieren:* Behüt dich Gott, es hat nicht sollen sein. *Dann wieder still.*

DOBLER: Eines ist sicher. Die Figur des self made man ist in Deutschland noch kaum literarisch verwendet.

BOLLAND *eifrig:* Das ist’s ja, was ich sage. Immer diese Armeleutegeschichten! Aber daß ’n Mensch mal ordentlich verdient, daß ’n Mensch was wird, das ist doch auch poetisch!

HAUSER: Wissen Sie was, lassen Sie Ihr Hauptbuch drucken.

Von links kommt Frau Lund, hinter ihr das Zimmermädchen.

Dritte Szene

Die Vorigen. Frau Lund.

FRAU BEERMANN *ihr lebhaft entgegeneilend:* Mama Lund! Das ist lieb, daß Sie kommen ...
FRAU LUND *heiter:* Immer gerne zu Ihnen. Guten Tag, meine Herren. Wo ist die kleine Effie?
FRAU BEERMANN: Im Musikzimmer. *Zum Mädchen:* Bitte, sagen Sie meiner Tochter ...
FRAU LUND: Nein, nein. Lassen Sie nur!
BEERMANN: Darf ich Ihnen vorstellen? Herr Hans Jakob Dobler, unser berühmter Dichter.
FRAU LUND *Dobler die Hand reichend:* Ein berühmter Dichter? Das freut mich.
BOLLAND: Der Verfasser des »Armen Hans«.
FRAU LUND *liebenswürdig zu Dobler:* Wenn ich jünger wäre, würde ich selbstverständlich so tun, als hätte ich's gelesen. Aber in meinem Alter strengt das an. Was ist das »Der arme Hans«?
DOBLER: Ein Roman, gnädige Frau.
BOLLAND: Ein Meisterwerk!
FRAU LUND: Dann ist meine Unkenntnis strafbar. Ich will sie bald gutmachen.

Vierte Szene

Vom Musikzimmer herein stürmt Frau Bolland, hinter ihr kommen Effie, Wasner und Fräulein Koch.

FRAU BOLLAND: Es ist höchste Zeit. Ich muß in den Kunstverein. *Zu Frau Lund:* Guten Tag, gnädige Frau.
EFFIE *ist zu Frau Lund geeilt und küßt ihr die Hand:* Mama Lund!
FRAU LUND: Wie geht's dir, kleiner Wildfang? Kommst du bald zu mir?
EFFIE: Gerne, aber die Musikstunden, und der Vortrag von Professor Stöhr ...

FRAU LUND: Und dies und das und deine achtzehn Jahre. Du hast ganz recht.
FRAU BOLLAND *zu Frau Beermann:* Effie darf doch mitkommen? Im Kunstverein sollen wun–der–volle Bilder sein.
FRAU BEERMANN *mit einem Blick auf Frau Lund:* Ich weiß nicht...
FRAU LUND: Aber natürlich soll sie gehen. Mit dem hübschen Kleid darf sie nicht daheim bleiben. Wir unterhalten uns schon mit den Herren.
FRAU BOLLAND: Dann müssen wir uns eilen. Es ist höchste Zeit. Adieu, gute Frau Beermann. Es war pracht–voll bei Ihnen. Adieu, Frau Lund, es war zu hübsch, daß ich Sie noch gesehen habe. Adieu! Adieu! – Adolf!
BOLLAND: Ja – Buzi?
FRAU BOLLAND: Wir fahren um acht ins Theater. Der Wiener Gast soll großartig sein. *Ab nach links. Effie und Fräulein Koch hinter ihr. Frau Bolland bleibt an der Türe stehen.*
FRAU BOLLAND: Herr Dobler, bitte, begleiten Sie uns; Sie können uns manches erklären.
DOBLER: Wenn Sie gestatten. *Gibt Frau Beermann die Hand und verbeugt sich gegen die übrigen.*
BEERMANN: Bald wieder, Herr Poet!
BOLLAND: Und überlegen Sie sich mal den Stoff. *Dobler ab. Vorher sind Frau Bolland, Effie und Fräulein Koch links abgegangen.*

Fünfte Szene

FRAU LUND: Und jetzt bitte ich um eine Tasse Kaffee.
FRAU BEERMANN: Sie sollen frischen bekommen. *Zu dem Diener, der den Kaffeetisch abräumt:* Sagen Sie in der Küche, daß man Kaffee macht. *Der Diener ab durch die Flügeltüre, währenddessen kommt Frau Bolland nochmal links unter die Türe.*
FRAU BOLLAND: Adolf!
BOLLAND: Ja – Mausi?
FRAU BOLLAND: Am Donnerstag geht der »Ring« an. Vergiß nicht auf die Vormerkungen!

BOLLAND: Schon gut.
FRAU BOLLAND *im Abgehen:* Ich freue mich ra–send darauf. *Ab.*

Sechste Szene

Frau Lund hat sich auf das Sofa gesetzt, rechts neben ihr Frau Beermann. Beermann und Bolland haben gegenüber auf Stühlen Platz genommen. An das Sofa gelehnt neben Frau Beermann steht Hauser. Hinter Bolland steht Wasner.

FRAU LUND: Sagen Sie doch, Herr Justizrat, wo stecken Sie immer?
HAUSER: Leider im Bureau. Aber Sie waren an der Riviera?
FRAU LUND: Vier Wochen in Monte Carlo. Kinder, ich habe gespielt, wie eine alte Russin!
BEERMANN: Mit welchem Erfolg?
FRAU LUND: Natürlich verloren. Ich stelle doch die Welt nicht auf den Kopf. Aber sagen Sie, Beermann, was erlebt man hier für Überraschungen! Sie sind Kandidat für den Reichstag?
BEERMANN: Tja – man hat mich aufgestellt.
FRAU LUND: Bei welcher Kulör?
BEERMANN: Die vereinigten Liberal-Konservativen.
HAUSER: Und Konservativ-Liberalen.
FRAU LUND: Früher war das doch ein Unterschied?
HAUSER: Ja, früher!
BEERMANN: Es ist aber jetzt eine Konstellation.
FRAU LUND *zu Frau Beermann:* Sie haben mir nie was gesagt, daß Ihr Mann Politiker ist.
FRAU BEERMANN: Er ist es ja erst seit vierzehn Tagen.
FRAU LUND: Wie schnell das kommen kann! Und gerade Sie!
BEERMANN: Warum ich?
FRAU LUND: Ich glaubte immer, daß Sie nicht einmal die Zeitung lesen.
BOLLAND: Wir sind unserm Beermann von Herzen dankbar, daß er in der Stunde der Not dieses Opfer gebracht hat.
FRAU LUND: Herr Kommerzienrat, wie Sie das sagen: Stunde

der Not und Opfer bringen, da wären doch Sie der Mann für den Reichstag.

BOLLAND: Ich bin zu prononciert nationalliberal.

HAUSER: Ist das unheilbar?

BOLLAND: Es macht jedenfalls meine Aufstellung unmöglich. Wir brauchten jemand, der sich nicht zu stark auf ein Parteiprogramm festgelegt hat.

FRAU LUND: Das heißt also: unser Beermann wird Politiker, weil er kein Politiker ist.

HAUSER: Was man eine Konstellation heißt.

BEERMANN: Darf ich mir vielleicht eine Frage erlauben? Warum soll ich nicht Reichstagsabgeordneter werden?

HAUSER: Das ist wahr. Sagen Sie selber, Frau Lund, warum soll er nicht?

BEERMANN: Wenn ich Neuling bin, das war jeder einmal.

HAUSER: Und man kann jeden Tag anfangen, ohne Befähigungsnachweis.

BOLLAND: Das ist wieder der Jurist! Sie möchten wohl ein Examen einführen?

HAUSER: Glauben Sie, es würde schaden?

BEERMANN *großartig:* Ich will Ihnen was sagen, lieber Herr Justizrat, wenn man im Leben steht, das ist mehr wert als Bücherweisheit. Wir haben überhaupt zu viel Juristen. Das ist unser Unglück.

FRAU LUND *lustig zu Frau Beermann:* Nu debattiert er schon!

BOLLAND *in nachlässiger Pose:* Ich habe eine Seifenfabrik, wie Ihnen wohl bekannt ist. Ich beschäftige vierhundertzweiundsechzig Arbeiter; sage und schreibe mit Worten vierhundert–zwei–und sechzig Arbeiter, deren Wohl und Wehe in meiner Hand liegt. Ja, glauben Sie, das verlangt keine Umsicht?

HAUSER: Aber ...

BOLLAND *ihn unterbrechend:* Glauben Sie, daß diese Sorge ums Detail, und dann wieder die Übersicht übers Ganze, glauben Sie, daß das nichts ist?

HAUSER: Aber unser Beermann hatte doch nie eine Seifenfabrik!

BEERMANN: Warum reden wir, wenn Sie Witze machen?

HAUSER: Ich verstehe den Zusammenhang nicht recht ...

BEERMANN: Jedenfalls kann ich mit dem Buchbinder konkurrieren, den die Sozialdemokraten aufgestellt haben.
BOLLAND: Und besitzen etwas mehr Erfahrung, nicht wahr? 'n Horizont, nicht wahr?
FRAU LUND: Aber ich habe noch etwas gehört, was mir gar nicht gefallen hat.
BEERMANN: Von mir?
FRAU LUND: Von Ihnen. Sie sind der Vorstand des neuen Sittlichkeitsvereins? Warum machen Sie so was? Das ist nicht nett.
FRAU BEERMANN: Bravo! Daß Sie das auch sagen!
BEERMANN: Was heißt Bravo? Wenn mich ehrenhafte Männer zu ihrem Präsidenten wählen, ist das bloß schmeichelhaft.
FRAU LUND: Es paßt nicht zu Ihnen, und es ist Ihnen nicht ernst.
FRAU BEERMANN: Es ist so falsch wie nur etwas, und du redest dabei lauter Sachen, an die du nie gedacht hast.
BEERMANN: Erlaub du mir! Ich muß besser wissen, was mir ernst ist.
FRAU LUND: Auf der Welt ist mir nichts so zuwider wie ein Bußprediger. Aber wenn's einer schon sein will ... Dann muß er nach dem alten Rezept Heuschrecken essen. Mit Moselwein und Hummerscheren stimmt's nicht.
BEERMANN: An Heuschrecken kann ich mich nicht mehr gewöhnen.
FRAU LUND: Warum gewöhnen Sie sich an diese Moral?
BOLLAND: Die Damen wissen offenbar nicht, welche Ziele unser Verein verfolgt. Sie würden jedes Wort unterschreiben, das in unsern Satzungen steht.
FRAU LUND: Das möchte ich mir recht energisch verbitten.
BOLLAND *greift in die Brusttasche:* Aber so lesen Sie doch unsern Aufruf!
FRAU LUND *ablehnend:* Ich danke.
BOLLAND: Jede Frau muß glücklich sein, wenn sie das liest.
FRAU LUND: Meinen Sie? Ich finde die Vereinsmeierei nur komisch. Sie treffen sich also nicht bloß zum Kegelschieben, Sie müssen auch miteinander moralisch sein?
HAUSER: Und dabei denke ich immer an Hungerkünstler, die heimlich essen.

WASNER: Man kann jede Überzeugung lächerlich machen, wenn man sie für unehrlich erklärt. Dafür soll man Beweise haben.
HAUSER: Herr Professor, die Höflichkeit verlangt, daß man jeden einzeln für eine Ausnahme hält, aber nicht ganze Vereine.
BOLLAND: Ich muß sagen, das ist bedauerlich, wenn eine schöne große Bewegung so abgetan wird mit ein paar Worten. Das verbittert einen, der ehrlich an der Gesundung unseres Volkes arbeitet.
FRAU LUND: Wo haben Sie Ihr Patent erworben, daß Sie Arzt sein dürfen?
WASNER: Jeder soll Arzt sein.
HAUSER: Ich bleibe Patient. Ein paar brauchen Sie doch, sonst haben Sie nichts mehr zu kurieren.
BEERMANN: Man kann sich leicht darüber lustig machen. Ich habe früher selbst solche Witze gemacht; aber wenn man die Sache von der ernsten Seite nimmt, wenn einem erst die Augen geöffnet werden ...
FRAU BEERMANN: Es ist unerträglich, was du für Redensarten gelernt hast.
BEERMANN: Wir können uns ja eine Szene machen.
FRAU BEERMANN: Jetzt sind wir sechsundzwanzig Jahre verheiratet. Haben Glück gehabt mit den Kindern. Was gehen dich andere Leute an?
BEERMANN: Das ist nicht logisch, meine Liebe. Gerade weil ich meine Kinder gut erzogen habe, kann ich mitreden ...
FRAU BEERMANN: Du hast dich sehr geplagt mit der Erziehung!
BEERMANN: Offenbar habe ich nichts versäumt.
FRAU LUND: Am Ende prahlen Sie doch mit einer Kraft, die Sie nicht ausprobiert haben?
BEERMANN: Die ich nicht ausprobiert habe! Gute Frau Lund, an jeden Mann kommt die Versuchung. Was weiß eine Frau davon?
FRAU LUND: Jedenfalls erfährt sie nicht, wie es ausgeht.
BOLLAND: Gestatten Sie! Unsere Bewegung ist für die Frauen gemacht. Was Sie als Frau schätzen, finden Sie bei uns.

Frau Lund: Nein. Wir Frauen schätzen auch die Sparsamkeit, und wir sehen es nicht gerne, wenn die Männer mehr Moral ausgeben, als sie haben.
Bolland: Bleiben wir ernsthaft! Die öffentlichen Mißstände müssen Sie mehr verletzen als uns.
Frau Lund: Es gehört schon die männliche Gefühlsstärke dazu, um sich durch das Elend verletzt zu fühlen.
Wasner: Sie sprechen von Elend, wie wir von Laster.
Frau Lund: Darum werden wir uns nie einigen.
Frau Beermann: Und jedenfalls soll sich mein Mann nicht als Beispiel hinstellen, weil er nicht weiß, was Sorge oder Elend ist.
Beermann: Mit solchen Grundsätzen läßt sich nichts anfangen.
Frau Lund: Bitte, keine Grundsätze!
Bolland: Sie werden aus Opposition sagen, daß Sie andere haben als wir.
Frau Lund: Ich werde sagen, daß ich keine habe.
Bolland und Wasner *gleichzeitig:* Aber gnädige Frau!
Frau Lund: Ich kann nichts dafür. Das Leben hat sie aufgefressen. Ich habe gesehen, daß alle Grundsätze Löcher haben, durch die man sich und seine Lieben schlüpfen läßt. Und man hat also nur die Wahl, seine Grundsätze ehrlich aufzugeben, oder sie unehrlich auf andere anzuwenden.
Wasner: Echte Grundsätze gibt man nicht auf.
Hauser *ironisch:* Bravo!
Bolland: Für mich ist Moral einfach Naturgebot. Die Stimme der Natur.
Frau Lund: Warum gründen Sie dann Sittlichkeitsvereine? Glauben Sie, daß Ihre Statuten stärker sind als die Stimme der Natur?
Wasner: Darf ich hier eine Bemerkung einstreuen?
Beermann: Hört!
Wasner *den Bart streichend:* Vielleicht kommen wir zu einem abschließenden Urteil, wenn wir sagen: Es ist das schöne Vorrecht der Frauen, daß ihnen gewisse Dinge fremd bleiben dürfen, mit denen uns – leider – das Leben bekannt macht.
Hauser: Leider?

WASNER: Ich bitte, mich einen Augenblick nicht zu unterbrechen. Ich sage allerdings: leider. Seit vier Jahren verfolge ich aufmerksam die obszöne Produktion, und ich habe davon eine Sammlung angelegt, die heute wohl die vollständigste ist. Ich rede also von einer Sache, über die ich genau informiert bin. *Sich steigernd:* Es ist unglaublich, bis zu welchem Gipfel der Gemeinheit man heute gelangt ist!

FRAU LUND: Und Sie sind der Sammler dieser Gemeinheit?

WASNER: Glauben Sie mir: ich habe mich mit Abscheu dieser Aufgabe unterzogen.

HAUSER: Herr Professor, ich habe noch keinen Menschen gesehen, der freiwillig vier Jahre lang etwas tut, was ihm unangenehm ist.

WASNER: Das durfte nicht gesagt werden!

HAUSER: Irgendeine Befriedigung werden Sie dabei finden.

WASNER: Dann glauben Sie an die Befriedigung, welche mir die Rettung unseres Volkes gewährt.

FRAU LUND: Wo soll denn die Rettung sein? Man wird immer mit Erfolg auf die Geschmacklosigkeit spekulieren. Das beweisen auch die sittlichen Kunstwerke, die gefallen.

WASNER: Es handelt sich um Schlimmeres als um Geschmacklosigkeit.

FRAU LUND: Es gibt nichts Schlimmeres.

WASNER *beschwörend:* Wenn Sie wüßten!

FRAU LUND: Ich brauche Ihre Galerie nicht zu sehen. Ich sage Ihnen nur, daß mich das schmutzigste Bild nicht stärker abstoßen könnte als die Art, wie Sie in Ihren Versammlungen reden.

BEERMANN: Oh! Oh!

FRAU LUND: Die seelischen Nuditäten sind ekelhaft; nicht die körperlichen. Kein Laster ist so widerwärtig wie die Tugend, die sich vor der Öffentlichkeit entblößt. Das Laster hat doch wenigstens die Scham, sich zu verstecken!

BEERMANN *zu Bolland:* Verstehen Sie das eigentlich?

BOLLAND: Ich muß offen gestehen: Nein.

WASNER: Gnädige Frau sagten: Das Laster versteckt sich. Aber deshalb existiert es doch!

BOLLAND: Das ist das richtige Wort: Es existiert!

WASNER: Sollen wir es dulden, weil es sich in dunkle Winkel verkriecht?
FRAU LUND: Es wird weniger dunkle Winkel finden, wenn die Sonne heller in die Welt scheint.
BOLLAND: Würden Sie auch dann gegen uns sein, wenn Sie einen Sohn hätten, der den Verführungen der Großstadt ausgesetzt wäre?
FRAU LUND: Es würde mir leid tun, wenn ich aus persönlichem Grunde aufhören könnte, frei zu denken.
BEERMANN: Stellen Sie sich das vor! Ein blühender junger Mensch in den Händen eines schlechten Geschöpfes!
FRAU LUND: Ich könnte mir was Schlimmeres denken.
BEERMANN: Noch schlimmer?
FRAU LUND: Zum Beispiel: Wenn er mit der Gläubigkeit der Jugend bei Ihrem Sittlichkeitsverein mittäte.
BOLLAND: Na aber!
BEERMANN: Ihnen ist heute gar nichts ernst.
FRAU LUND: Sehr ernst. Ein junger Mann kommt vielleicht doch dazu, daß er für das schlechte Geschöpf – wie Sie sagen – Mitleid empfindet. Dann hat er etwas Wirkliches für seine Moral gewonnen. Und bliebe ihm das als tiefer Eindruck, dann hätte ihm das Geschöpf eine bessere Lehre gegeben als irgendwer mit schönen Worten.
BOLLAND: Ich bin einfach starr.
WASNER: Und unserem Verein, dem trauen Sie einen schlechten Einfluß zu?
FRAU LUND *sehr bestimmt:* Ja.
BOLLAND *ironisch:* Natürlich, die Universitätsprofessoren, die bei uns sind, und die Konsistorialräte ... oder ein General ... die verderben selbstverständlich die Jugend! Im Gegensatz zu den braven Mädchen!
WASNER: Und was soll denn der schlechte Einfluß sein?
FRAU LUND *wärmer:* Daß der junge Mensch Selbstgerechtigkeit für eine gute Sache ansieht, daß er sich Härte angewöhnt, daß er sich für immer die Möglichkeit nimmt, das Leben zu verstehen und ein hilfreicher Mensch zu werden.
BOLLAND: Was das für Worte sind für eine solche Sache!
FRAU BEERMANN: Das sind prächtige Worte, und ich würde

mich auch bedanken, wenn mein Junge so ein Tugendheld würde!

BEERMANN: Lina, dir verbiete ich ganz einfach, so was zu sagen.

FRAU BEERMANN: Wirklich?

BEERMANN: Von Frau Lund weiß man, daß sie freigeistig ist, aber du brauchst dir das nicht anzugewöhnen.

FRAU BEERMANN: Ich nehme nicht so schnell Gewohnheiten an wie du.

HAUSER *zu Beermann:* Nur nicht aufregen! Sie müssen als Politiker erlauben, daß man seine Meinung sagt.

WASNER: Und dann sage ich als Lehrer der Jugend: ich wünsche von Herzen, sie möge auch fernerhin, und sie möge immer mehr ihre Ideale bei hochgesinnten Männern suchen, und nicht in dunkeln Gassen!

BOLLAND: Und nicht in dunkeln Gassen, meine Damen!

FRAU LUND: Aber auch nicht dort, Herr Kommerzienrat, wo man dem natürlichen Empfinden das Schamtuch wegreißt und ihm jeden heimlichen Reiz nimmt.

WASNER *grimmig:* Den Reiz wollen wir allerdings nehmen.

FRAU LUND: Sie verstehen es gut. In Ihren Versammlungen herrscht ein Ton, der alle Zartheit aus der Welt bringt.

WASNER: Es liegt nicht in unserm Volkscharakter, gewisse Dinge zu beschönigen.

FRAU LUND: Warum sagt man Volkscharakter für schlechte Manieren?

WASNER: Weil es deutsch ist, eine Sache beim rechten Namen zu nennen.

BEERMANN *aufstehend:* Fangen wir lieber mit unserm Skat an! Wir kommen doch zu keinem Resultat.

BOLLAND: Weil eben hier zwei verschiedene Weltanschauungen aufeinanderstoßen. *Beermann geht nach links an den Spieltisch, holt aus der Schublade ein Spiel Karten und nimmt die Enveloppe ab.*

BEERMANN: Es ist immer das Alte. Man soll nicht mit Frauen streiten, weil man nie recht bekommt. *Er setzt sich an den Spieltisch. Bolland ist aufgestanden und setzt sich neben ihn.*

FRAU LUND *lacht:* Das war wieder recht aus dem Bürgerherzen gesprochen.

WASNER: Ich möchte das Thema nicht noch einmal berühren; aber wenn Sie vielleicht den Eindruck gewonnen haben, daß ich in dieser Sache einseitig urteile, so gebe ich Ihnen das sofort zu.

BEERMANN *ruft:* Kommen Sie doch, Herr Professor!

WASNER *gegen den Spieltisch:* Sofort. *Zu den andern:* Ich gebe es mit Stolz zu, daß ich einseitig bin, denn für mich gibt es nur die eine Frage: Wie nütze ich meinem Volke?

BOLLAND *ruft:* Herr Professor!

WASNER *gegen den Spieltisch:* Im Moment! *Zu den andern:* Das gibt für mich den Ausschlag. Das Mark unseres Volkes erhalten, und darin weiß ich mich sicher gegen alle Scheingründe; denn dieses Streben ist zum mindesten ...

BEERMANN *laut:* Aber lieber Wasner!

WASNER *unbeirrt fortfahrend:* Denn dieses Streben ist zum mindesten national.

HAUSER: Wollen Sie nicht lieber Skat spielen?

WASNER *geht zum Spieltisch:* Es erübrigt mir noch, um Entschuldigung zu bitten, falls ich etwas schroff gewesen sein sollte. *Setzt sich.*

BOLLAND: Sie geben, Herr Professor.

WASNER *mischt die Karten und spricht dabei:* Für mich gibt es nur ein Ideal. Das Tacitus einst bei unserm Volke gefunden hat. Quamquam severa illic matrimonia nec ullam morum partem magis laudaveris. *Läßt abheben und gibt.* Die eheliche Sitte ist streng, und sie bildet wohl die achtungswerteste Seite germanischer Zustände. Nam prope soli Barbarorum singulis uxoribus contenti sunt. Die Germanen sind fast das einzige Barbarenvolk, welches sich mit einem Weibe begnügt.

BEERMANN *laut:* Turnee!

BOLLAND: Halt ich.

BEERMANN: Zwanzig.

BOLLAND: Halt ich.

BEERMANN: Dann rin ins Vergnügen!

BOLLAND: Gras–Solo! *Sie spielen. Hauser, Frau Lund, Frau Beermann sitzen rechts.*

FRAU LUND: Nun ist Deutschland ruhig.

HAUSER: Ja, und warum haben wir uns eigentlich echauffiert?

Die sind uns über. Erst rühren sie Weltanschauungen um, dann holen sie sich Karten und kehren zu ihrer natürlichen Beschäftigung zurück.

FRAU LUND: Und man fragt sich, ob man auf der richtigen Seite steht. Denn eine solche Gemütsruhe muß doch einen tiefen Fonds haben.

HAUSER: Oder man fragt sich, warum diese braven Menschen jemals das Skatspielen unterbrechen, bloß um Dummheiten zu machen.

BEERMANN *vom Spieltisch herüber:* Ich habe gute Ohren.

HAUSER: Das ist viel wert im vorgerückten Alter.

BOLLAND *eine Karte auf den Tisch schlagend:* Neunundfünfzig und vier macht dreiundsechzig. Die andern können Sie haben.

Sie werfen die Karten zusammen. Bolland nimmt sie und mischt.

WASNER *dreht sich halb gegen Hauser zu:* Und dann jene berühmte Stelle: Ergo septa pudicitia agunt, nullis spectaculorum illecebris corruptae.

BEERMANN: Ich habe sechs Karten.

BOLLAND: Die unterste gehört dem Professor.

WASNER *wie oben:* So lebt die Frau im Kreise keuscher Sitte dahin, und so weiter. Literarum secreta ... Heimliche Briefe kennt weder Mann noch Frau.

BEERMANN: Jetzt hören Sie einmal auf mit Ihrem Tacitus! Sie müssen sich erklären.

WASNER: Ich passe.

BOLLAND: Ich auch.

BEERMANN *laut und freudig:* Grand Schneider, meine lieben Brüder!

WASNER *murmelnd:* Paucissima adulteria in tam numerosa gente ... *Verstummt allmählich und spielt eifrig mit.*

FRAU BEERMANN: Sie können über das Getue lachen, aber ich leide darunter.

HAUSER: Erlauben Sie mir, das wäre Gefühlsverschwendung!

FRAU LUND: Liebes Kind, Sie dürfen das nicht tragisch nehmen. Die Männer wollen sich hie und da Gemütsbewegungen verschaffen.

HAUSER: Und daheim kann man darüber lachen. Bloß die arme

Regierung ist übel daran; die muß ein feierliches Gesicht dazu machen und manches tun, was sie nicht will.
FRAU LUND: Die sollte eben auch Bescheid wissen.
HAUSER: Weiß sie recht gut. Aber die Tugend, auch wenn sie unwahr ist, bleibt das Schöne an sich und darf amtlich nicht mißbilligt werden.
FRAU LUND: Darum kommt man nie aus der Verlogenheit heraus.
HAUSER: Aber manchmal in die Verlegenheit hinein. Wir werden das allernächstens auch hier erleben.
FRAU BEERMANN: Hier?
HAUSER: Jawohl hier. Man hat gestern eine Frau verhaftet, die ein sehr gastfreies Haus führte. Aber ich vermute, daß der Polizei der Fund zu reichlich sein wird. Die Dame hat sehr gutes Publikum bei sich gesehen.
BEERMANN *hat bei den letzten Worten aufgehorcht und zu Hauser herübergesehen.*
BOLLAND *schreit ärgerlich:* Aber Beermann, warum haben Sie den blauen Jungen nicht gebracht? Wenn Sie den blauen Jungen bringen, und dann Treff acht, dann komme ich mit Treff und Treff und nischt wie Treff ...
WASNER *zählend:* Ich habe einundsechzig.
BOLLAND *nimmt die Karten zusammen und mischt:* Sie machen keine Vierzig, wenn Beermann seinen blauen Jungen bringt und dann Treffacht. Ich spiele meine Foße an; er kommt in Stich und muß Ihren letzten Atout holen, und dann kommt Treff und Treff ...
BEERMANN *zu Hauser herüber:* Was ist das mit der Dame, was Sie da gerade erzählt haben? Hm?
HAUSER: Man hat sich bei ihr von seiner Ehrbarkeit erholt, und davor muß man die großen Kinder mit Vollbärten und Glatzen behüten.
BEERMANN: Ich finde es allerdings richtig, wenn man dagegen einschreitet. Übrigens, wie heißt denn die Person?
BOLLAND: Aber Beermann, nun merken Sie endlich auf das Spiel auf!
BEERMANN: Ich wollte nur wissen ...
WASNER: Ich reize.

BOLLAND: Ich passe.
BEERMANN: Ich auch. *Sie spielen weiter, Beermann ist sichtlich zerstreut und horcht über seine Karten weg.*
FRAU BEERMANN: Ich verstehe nicht, warum die Polizei deshalb in Verlegenheit kommen soll?...
HAUSER: Weil sie den Glauben an die bevorzugte Menschheit nicht erschüttern darf. Der gehört zu unseren höchsten Gütern.
FRAU LUND: Und ist in Gefahr?
HAUSER: Ja, solche Laster ziehen immer einen Schweif von Tugend nach sich. Und in diesem Fall ist es besonders schlimm, weil die Dame ein Tagebuch geführt hat, und dieses Tagebuch hat man gefunden.
BOLLAND *wirft die Karten auf den Tisch und schreit:* Also das ist unerhört! Jetzt schmiert er dem Gegner eine Aß!
BEERMANN *steht auf und geht zu Hauser herüber:* Wie heißt denn die Person?
HAUSER: Warten Sie mal! Sie hat 'n französischen Namen.
BEERMANN *betroffen:* Französisch?
HAUSER: So einen, der nach Patschuli riecht.
BEERMANN *erregt:* Ich verstehe nicht, wie man den Namen vergessen kann! Wenn man so was erzählt!
HAUSER: Ninon --- Ninon ... de Hauteville.
BOLLAND *steht ebenfalls auf:* Was ist damit?
BEERMANN *bestürzt:* Sie sagen, die hat 'n Tagebuch?
HAUSER: Einen ganzen Katalog.
FRAU BEERMANN *zu Beermann:* Was geht dich das an?
BEERMANN: Ja, bin ich Präsident des Sittlichkeitsvereins oder bin ich es nicht?

Vorhang

ZWEITER AKT

Ein Polizeibureau. Der Schreibtisch des Assessors steht links rückwärts, rechts rückwärts ist ein einfacher Tisch, an dem der Aktuar sitzt; daneben Aktenhund. Links vorne ein Sofa und zwei Stühle. An der rechten Wand ein Telephon. Ein Seiteneingang links; ein weiterer Eingang in der Mitte.

Erste Szene

Assessor Ströbel; Aktuar Reisacher. Beide sitzen mit den Rücken gegeneinander. Ströbel links, Reisacher rechts. Ströbel liest in einer Zeitung. Reisacher schreibt.

STRÖBEL *wendet sich halb um:* Reisacher!
REISACHER *ebenso:* Jawoll, Herr Assessor?
STRÖBEL: Kennen Sie den Ausdruck: »Die Gewappelten?«
REISACHER: Jawoll, Herr Assessor!
STRÖBEL: Was soll das heißen: die Gewappelten?
REISACHER: Das sind die Leut, die wo was sind und die wo Geld haben.
ASSESSOR: Ist in dem Wort eine Verachtung ausgedrückt oder Klassenhaß?
REISACHER *lebhaft:* Na – Na! Vor die Leut hat man Respekt.
STRÖBEL: Sie wissen es genau?
REISACHER: Jo – Jo! *Beide drehen sich um. Ströbel liest. Reisacher schreibt. Kleine Pause.*
STRÖBEL *mit halber Drehung:* Reisacher!
REISACHER *ebenso:* Jawoll, Herr Assessor?
STRÖBEL: Es ist doch Klassenhaß.
REISACHER: Na – na!
STRÖBEL: Geben Sie mal acht! Hier heißt es *liest vor:* »Für die Gewappelten gibt es natürlich kein Gesetz.« Das soll doch heißen: Die gebildete Klasse bekleidet eine Ausnahmestellung, und wenn ich sage: Ausnahmestellung, so involviere ich damit die beleidigende und aufhetzerische Idee, daß vor dem Gesetz nicht

alle gleich sind, und will zugleich diese bevorzugte Klasse verhöhnen durch eine ordinäre Bezeichnung.
REISACHER: Jawoll, Herr Assessor!
STRÖBEL: Wie können Sie dann sagen, es drückt keinen Klassenhaß und keine Verachtung aus?
REISACHER: Weil man halt doch wieder Respekt hat vor die Leut, die wo Geld haben.
STRÖBEL: Sie werden nie präzis denken, Reisacher!
REISACHER: Jawoll, Herr Assessor! *Beide drehen sich um. Ströbel liest. Reisacher schreibt. Kleine Pause. Von links Präsident Frhr. von Simbach. Ströbel erhebt sich rasch und macht eine devote Verbeugung. Reisacher sieht sich um und fährt auf. Bleibt in strammer Haltung stehen.*

Zweite Szene

PRÄSIDENT: 'n Morgen, Herr Assessor. *Zu Reisacher:* Sie können Ihre Arbeit unterbrechen und außen warten. *Reisacher ab durch die Mitteltüre.* Ich möchte Sie um einiges fragen, Herr Assessor. *Ströbel verbeugt sich. Der Präsident geht während der Unterredung gegen die Mitte der Bühne. Er spricht in nonchalantem Ton; etwas gedehnt.* Ich habe Ihren Bericht gelesen. Sie haben vorgestern, das war Samstag, eine Frau verhaften lassen?
STRÖBEL: Ja, Herr Präsident.
PRÄSIDENT: Was ist mit ihr?
STRÖBEL: Wie mir der Kommissär Schmuttermaier sagt, haben wir da eine ganz gefährliche Person gefaßt.
PRÄSIDENT: So?
STRÖBEL: Sie hat in kurzer Zeit geradezu demoralisierend auf die hiesigen Zustände gewirkt.
PRÄSIDENT: Sie ist drei oder vier Jahre hier, wie ich aus dem Bericht sehe?
STRÖBEL: Ja.
PRÄSIDENT: Was ist das mit der Gefährlichkeit? Sie hat galante Zusammenkünfte vermittelt? Oder liegen besondere Geschichten vor?
STRÖBEL: Besondere nicht. Aber ich meinte, ihr ganzes Auftre-

ten. Sie hat eine elegante Wohnung mitten in der Stadt, soll sehr gut eingerichtet sein und treibt auch persönlichen Luxus ...

PRÄSIDENT: Und rechnet also nicht auf das gewöhnliche Publikum. Halten Sie das für sehr erschwerend?

STRÖBEL: Das nicht, Herr Präsident.

PRÄSIDENT: Eben. Ich bitte, nur keine populären Ansichten über das Verderbnis in der guten Gesellschaft! Seidenjupons machen nichts schlimmer. *Ströbel verbeugt sich.*

PRÄSIDENT: Wie heißt sie?

STRÖBEL: Ninon de Hauteville. Aber ihr wirklicher Name ist Therese Hochstetter.

PRÄSIDENT: Haute – Ville.

STRÖBEL: Sie ist in guten Verhältnissen aufgewachsen. Ihr Vater war peruanischer Konsul, ist aber später verarmt, und sie war verheiratet mit einem Legationsrat. Seit vier Jahren ist sie geschieden.

PRÄSIDENT: Also eigentlich eine gebildete Person.

STRÖBEL: Aber sie ...

PRÄSIDENT: Wirkt demoralisierend. Weiß schon. Sagen Sie mal, wie kam denn die Verhaftung?

STRÖBEL *wichtig:* Vor acht Tagen erhielt ich einen Brief, in dem sehr schwere Vorwürfe gegen die Polizei erhoben waren, weil sie das Treiben dieser Person dulde ...

PRÄSIDENT: Von wem war der Brief?

STRÖBEL *zögernd:* Er war – eigentlich – anonym.

PRÄSIDENT: Ich hoffe, Sie sind vorsichtig gegen anonyme Zuschriften?

STRÖBEL: Ich gebe sonst wenig darauf. Aber dieser Brief war so abgefaßt, daß ich ihn beachten mußte. Ich habe ihn natürlich nur als Fingerzeig benutzt und wollte mir erst Beweise schaffen. Ich gab dem Kommissär Schmuttermaier Auftrag, die Hochstetter genau zu überwachen. Und am Samstagmittag hatte ich den glatten Nachweis in der Hand.

PRÄSIDENT: Und weiter?

STRÖBEL: Dann ließ ich Haussuchung halten ...

PRÄSIDENT: Dabei wurde ein Verzeichnis beschlagnahmt?

STRÖBEL: Ja, Herr Präsident. Ein Tagebuch, in dem die Besucher aufgeführt sind. Datum, Name, Stand, alles.

PRÄSIDENT: Sie haben es durchgelesen?
STRÖBEL: Nein. Ich habe nur flüchtig hineingesehen. Der Kommissär hat es mir vor einer Stunde gebracht, weil ich gestern nicht im Bureau war.
PRÄSIDENT *nachdenkend:* Dann geht es heute nicht mehr ... Bringen Sie mir also morgen ... *zieht die Uhr,* sagen wir vormittag zehn Uhr ... einen genauen Bericht über alle wissenswerten Namen, die sich in dem Buch finden.
STRÖBEL: Morgen zehn Uhr vormittag.
PRÄSIDENT: Ich lege Wert darauf, daß Sie den Auszug persönlich machen. Der Schreiber bekommt das Buch nicht in die Hand. Oder hat er schon?
STRÖBEL *geht an den Schreibtisch:* Nein. Es ist in meinem Schreibtisch eingeschlossen.
PRÄSIDENT: Lassen Sie nur! Sie können es mitbringen, wenn Sie mir Bericht erstatten.
STRÖBEL: Nach welchen Gesichtspunkten wünschen Herr Präsident, daß ich den Auszug mache? Soll ich auch vermögliche Bürger aufführen ...?
PRÄSIDENT *betonend:* Alle ... wissenswerten – Namen. Apropos, wie steht die Sache jetzt? Haben Sie weitere Schritte getan?
STRÖBEL: Ich habe jetzt das Verhör mit der Hochstetter ...
PRÄSIDENT: Und der Kommissär? Hat er Auftrag zu neuen Recherchen?
STRÖBEL: Vorerst nicht. Weil ich ja das Tagebuch habe.
PRÄSIDENT: Ich wünsche vor allem, daß der Mann nicht selbständig vorgeht. Subalterne entwickeln mir zu oft den Kleineleute-Instinkt.
STRÖBEL: Wie Herr Präsident befehlen.
PRÄSIDENT: Ich befehle nichts. Sie haben die Verantwortung, und es fällt mir nicht ein, Ihnen Vorschriften zu machen. Aber die Recherchen unterbleiben, bis ich das Verzeichnis kenne.
STRÖBEL: Gewiß, Herr Präsident.
PRÄSIDENT: Dabei werden Sie natürlich nichts versäumen, was vorgeschrieben ist.
STRÖBEL: Ich werde alles tun, was im Interesse der Moral notwendig ist.
PRÄSIDENT *der auf- und abgegangen ist, wendet sich rasch gegen*

den Assessor zu und bleibt stehen: Der Moral? Ja, sehr gut. *Kurze Pause.* Wir stehen hier an besonderer Stelle, nicht wahr, Herr Assessor? *Ströbel verbeugt sich.* Wir unterscheiden sehr wohl zwischen amtlichen – – und sagen wir – – persönlichen Empfindungen, nicht wahr? *Ströbel verbeugt sich zustimmend.* Ich erwähne das nur, weil Sie von Moral gesprochen haben. Es gibt eine Moral, über die man sich privatim sehr anregend unterhalten kann. Die darf meinethalben unbegrenzt sein. Aber es gibt auch eine öffentliche Moral, die wir zu überwachen haben. Die hat sehr präzise Grenzen. Zum Beispiel: den Skandal. Vergessen Sie nie, daß der Skandal sehr oft erst dann beginnt, wenn ihm die Polizei ein Ende bereitet.

STRÖBEL *schlägt die Hacken zusammen:* Gewiß, Herr Präsident.

PRÄSIDENT: Übrigens, das bringt mich auf eine Frage: Wir haben hier seit 'n paar Wochen einen sogenannten Sittlichkeitsverein. Haben Sie Fühlung mit den Leuten?

STRÖBEL: Ich kenne die Bestrebungen ...

PRÄSIDENT: Die interessieren mich nicht. Ich meine, ob Sie persönlich Fühlung haben mit den Mitgliedern?

STRÖBEL: Noch nicht.

PRÄSIDENT: Noch nicht? Hm! Es ist wahrscheinlich, daß sich der Verein sehr angelegentlich um diese Affäre da kümmert. Wenn jemand zu mir kommt, weise ich ihn an Sie, Herr Assessor. *Ströbel verbeugt sich.* Sie werden im Auge behalten, daß der Verein Beziehungen zum Landtag und zur Presse hat. Und überhaupt konservative Tendenz zeigt.

STRÖBEL: Gewiß, Herr Präsident.

PRÄSIDENT: Also sehr entgegenkommend. Auf jede Anregung dankbar eingehen. Vorschläge zur Besserung des Volkes, et cetera. Mit verbindlichem Danke anhören, aber weiter nichts.

STRÖBEL *unsicher:* Wie meinen Herr Präsident?

PRÄSIDENT: Wei–ter nichts.

STRÖBEL: Gewiß, Herr Präsident.

PRÄSIDENT: Man muß die Leute an ihren Einfluß glauben lassen. Die Hauptsache bleibt, daß sie keinen haben.

STRÖBEL: Ich darf also ...?

PRÄSIDENT: Alles, was Sie verantworten können. Ich mache

prinzipiell keine Vorschriften. Und den Auszug erhalte ich, *zieht die Uhr,* morgen vormittag zehn Uhr? Nicht wahr? 'n Tag. *Geht gegen die Tür links. An der Türe bleibt er stehen und wendet sich um.* Ich muß übrigens sagen, Sie sind sehr eifrig in Ihrem Referat. *Ströbel verneigt sich.* Diese Verhaftung auf einen anonymen Brief hin, *räuspert sich,* das beweist jedenfalls großen Eifer. *Ströbel verneigt sich.* Ich sehe es sehr gerne, wenn man eifrig ist, aber, *räuspert sich,* behalten Sie das im Auge, was ich vorhin sagte. Vom Skandal. 'n Morgen! *Ab.*

Dritte Szene

Ströbel setzt sich an seinen Schreibtisch, blickt nachdenklich zur Decke hinauf, wippt mit dem Stuhle und pfeift. Reisacher kommt durch die Mitteltür und setzt sich an seinen Tisch. Er räuspert sich.

STRÖBEL *sich halb umwendend:* Reisacher!
REISACHER *ebenso:* Jawoll, Herr Assessor?
STRÖBEL: Wie lang sind Sie schon hier in der Polizei?
REISACHER: Im Herbst werden's achtzehn Jahr.
STRÖBEL: Da haben Sie auch schon verschiedenes mitgemacht, wie?
REISACHER: J – jo!
STRÖBEL: Sagen Sie mal, unser Präsident, wie lang ist der hier?
REISACHER: Der Herr Präsident? Ja, dös sind sieben ... warten S' ... dös sind acht Jahr.
STRÖBEL: Hm ... Wissen Sie eigentlich, ob der Herr Präsident wünscht, daß man stramm ins Zeug geht?
REISACHER *eifrig:* Jo – jo! Dös hat er gern.
STRÖBEL: So? – – *Kleine Pause.* Ich glaubte fast, er will nicht, daß man durch Strenge Aufsehen erregt.
REISACHER *eifrig:* Na – na! Dös mag er gar net!
STRÖBEL *wendet sich ganz um:* Ja, hören Sie mal, Reisacher! Sie widersprechen sich ja fortwährend!
REISACHER *ebenso:* Entschuldigen S', Herr Assessor, wenn ich mir eine Bemerkung erlauben darf ...

STRÖBEL: Sie widersprechen sich ja fortwährend! Einmal ja – einmal nein!
REISACHER: Entschuldigen S', Herr Assessor! Nämlich ich glaub', bei der Polizei is alles recht, was gut naus geht.
STRÖBEL *dreht sich um:* Sie werden nie lernen, einen Gedanken präzis zu fassen.
REISACHER *ebenso:* Jawoll, Herr Assessor!
Kleine Pause. Ströbel liest. Reisacher schreibt. Vor der Mitteltüre erhebt sich Lärm. Die Türe wird aufgerissen. Ninon de Hauteville tritt ein, hinter ihr ein Schutzmann, der sie am Arme gefaßt hält. Ninon versucht, sich frei zu machen.

Vierte Szene

HAUTEVILLE *trägt großen Glockenhut, riecht stark nach Parfüm:* Lassen Sie mich los! Ich habe doch keinen Mord begangen! Ich bitte, lassen Sie mich los!
STRÖBEL *ist aufgestanden:* Was ist?
SCHUTZMANN *läßt den Arm los und steht stramm:* Ich melde gehorsamst, die vulgo Hochstetter.
HAUTEVILLE: Mein Herr, helfen Sie mir! Man behandelt mich wie die gemeinste Verbrecherin.
STRÖBEL: Was haben Sie denn da für'n Hut auf? Sie sind hier nicht zu Besuch.
HAUTEVILLE: Ich bin hier nicht zu Besuch. O nein! In meinem Leben würde es mir nicht einfallen, hier Besuch zu machen.
STRÖBEL: Seien Sie ruhig! Ja? *Zu Reisacher:* Richten Sie das Protokoll her.
HAUTEVILLE: Ist hier das Bureau, wo ich mich beschweren kann? Ich will endlich wissen, warum man mich verhaftet hat.
STRÖBEL: Das werden Sie hier allerdings erfahren. *Zum Schutzmann.* Sie können abtreten. *Schutzmann ab durch die Mitteltüre.*
HAUTEVILLE: Oh monsieur! Man hat mich mißhandelt. Man hat mich in einen Stall gesperrt mit zwei Personen von der Landstraße. Sie werden mir helfen, nicht wahr?

STRÖBEL *ist zu Reisacher getreten:* Ich bitte – keine Konversation!

HAUTEVILLE: Ich bin hier schutzlos. Niemand will mich anhören; niemand gibt mir Antwort. Eine schreckliche Person bringt mir gelbe Brühe in einer Blechschüssel und einen Löffel – so groß! *Zeigt ihre Hand.* Da, essen Sie! Und geht wieder. Nicht wahr, mein Herr, Sie machen, daß meine Freunde erfahren, wie es mir geht?

STRÖBEL *blickt Reisacher über die Schulter:* Ihre Freunde können Ihnen nicht helfen. *Zu Reisacher:* Machen Sie den Rand nicht so breit! Sie verschwenden ja das Papier! *Zur Hauteville:* Ihre Freunde können Ihnen absolut nicht helfen.

HAUTEVILLE: Was denken Sie? Ein Wort, und ich bin frei.

STRÖBEL *höhnisch:* Gewiß!

HAUTEVILLE: Und man wird sich bei mir noch heute entschuldigen. Noch heute!

STRÖBEL: Gewiß! – *Zu Reisacher:* Assessor mit zwei s; beide Male, wenn ich bitten darf!

HAUTEVILLE: Wenn die Leute eine Ahnung hätten, wen sie gestört haben! Wen sie gezwungen haben, in den Kleiderschrank zu flüchten!

STRÖBEL *wendet sich rasch gegen die Hauteville:* Kleiderschrank! So – so? Kleiderschrank. Notieren Sie das mal gleich, Reisacher! *Zur Hauteville, jedes Wort betonend:* Es hat sich also jemand in einen Kleiderschrank geflüchtet?

HAUTEVILLE: Ja. Es hat sich jemand in einen Kleiderschrank geflüchtet.

STRÖBEL *plötzlich sehr freundlich:* Na, sehen Sie, wir verstehen uns ja prächtig! Sie sind so klug und leugnen nicht erst!

HAUTEVILLE: Ich habe nur ein Interesse daran, daß Sie alles wissen.

STRÖBEL: Bravo! Ich könnte beinahe sagen, daß ich vor Ihnen Respekt habe. *Sehr wohlwollend.* Wissen Sie, Hochstetter, jeder Mensch kann mal 'ne Dummheit machen.

HAUTEVILLE: Das weiß Gott! Man kann kolossale Dummheiten machen.

STRÖBEL: Und kann auch mal das Gesetz übertreten. Aber nur hinterher nicht lügen! Das macht sich so jämmerlich! Und wir erfahren ja doch die Wahrheit.

HAUTEVILLE: Ich wollte, Sie hätten sie schon erfahren.
STRÖBEL: Wir sind ja dabei. Aber das muß ich sagen: Hut ab! Sie haben Ehrgefühl.
HAUTEVILLE: Ja?
STRÖBEL: Entschieden.
HAUTEVILLE: Man verliert die Empfindung dafür, wenn man zwei Nächte in einer solchen Gesellschaft ist.
STRÖBEL *sehr wohlwollend:* Es war etwas hart für Sie.
HAUTEVILLE: Es war gräßlich. Man hat mir die Diskretion wirklich schwer gemacht.
STRÖBEL: Unmöglich hat man sie Ihnen gemacht. Man stürzt Sie ins Unglück, und Sie sollen die Leute noch schonen! Nee!
HAUTEVILLE: Ich muß zusehen, daß man nachts in meine Wohnung dringt und mich fortschleppt.
STRÖBEL: Nee! Das ist zu viel!
HAUTEVILLE: Man hat mich nicht einmal Leibwäsche mitnehmen lassen! Man sperrt mich mit Weibern zusammen, die jede vorkommende Art von Ungeziefer haben.
STRÖBEL: Und dabei soll man diskret sein!
HAUTEVILLE: Wenn ich mir die Haare richten will, gibt mir die Aufseherin den Kamm, den die ganze Woche diese zwei Frauenzimmer benutzt haben.
STRÖBEL: Das geht einfach nicht mehr.
HAUTEVILLE: Und die Luft! Ich habe bisher nicht gewußt, daß es solche Gerüche geben kann!
STRÖBEL: Und Sie sollen andere schonen! Nee! Überhaupt, wissen Sie: Diskretion ist 'ne bloße Redensart.
HAUTEVILLE: Wie?
STRÖBEL: Ich meine, wenn irgend jemand das moralische Recht hat, rücksichtslos alles zu sagen, dann sind Sie's. Nach all dem, was Sie erduldet haben.
HAUTEVILLE: Dann bin ich es.
STRÖBEL: Und also: Es hat sich jemand in einen Kleiderschrank geflüchtet?
HAUTEVILLE: Ja. Es hat sich jemand in den Kleiderschrank geflüchtet.
STRÖBEL *eifrig:* Wer? *Kleine Pause.*
HAUTEVILLE *lächelt:* Wer?

STRÖBEL *schärfer:* Wer ist letzten Samstag nachts zehn Uhr den Nachforschungen der Polizei dadurch entgangen, daß er sich in einem Kleiderschrank versteckte? *Kleine Pause.*
HAUTEVILLE *lächelt:* Es ist wirklich nicht nötig, daß ich Ihnen das sage.
STRÖBEL *scharf:* Was?!
HAUTEVILLE: Es läßt sich nicht vermeiden, daß Sie es erfahren.
STRÖBEL: Läßt sich nicht vermeiden?
HAUTEVILLE: Aber ich kann es nicht sagen. Auch wenn ich wollte. Gott, wenn man sich streng daran gewöhnt hat, nie einen Namen zu nennen, kommt man darüber nicht weg. Ich glaube, man muß auch das erst lernen.
STRÖBEL *schreiend:* Und Sie werden es lernen; dafür garantiere ich Ihnen. Sie!
HAUTEVILLE: Mais monsieur!
STRÖBEL *schreiend:* Nischt monsieur! Hier wird ehrliches Deutsch gesprochen.
HAUTEVILLE: Ich verstehe nicht, warum Sie sich aufregen.
STRÖBEL: Ich bin nett zu der Person, ich rede ihr zu, und dann sagt sie, man muß das Indiskretsein erst lernen. *Schreit.* Die Anständigkeit müssen Sie lernen, und ich werde sie Ihnen beibringen.
HAUTEVILLE: Momentan nicht.
STRÖBEL: Wissen Sie, Sie kenn' ich! Sie wollen Zeit gewinnen, damit Sie sich faustdicke Lügen aushecken.
HAUTEVILLE: Das wäre überflüssig, weil mir die geschickteste Lüge nicht so viel nützen kann, wie die Wahrheit.
STRÖBEL: Dann heraus damit!
HAUTEVILLE: Es ist besser, Sie erfahren sie von jemand anderm.
STRÖBEL: Meinen Sie?
HAUTEVILLE: Sie wären in Verlegenheit, und von mir wäre es eben doch ein Vertrauensbruch.
STRÖBEL *höhnisch:* Weil man zu Ihresgleichen Vertrauen hat!
HAUTEVILLE: Ich denke, man rechnet stark damit, daß uns Diskretion keine bloße Redensart ist.
STRÖBEL *wieder ruhig:* Ich will Ihnen mal was sagen: Sie sind sich nicht klar über Ihre Situation. *Hauteville zuckt die Achseln.* Nein. Sie wissen gar nicht, um was es sich handelt.

HAUTEVILLE: Es ist viel peinlicher, daß Sie nicht wissen, um wen es sich handelt.
STRÖBEL *rasch:* Bei was?
HAUTEVILLE: Bei der – Situation im Kleiderschrank.
STRÖBEL: Sind Sie verrückt? Sie wollen hier als Angeklagte Scherz treiben?
HAUTEVILLE: Nein.
STRÖBEL: Oder Sie kommen sich großartig vor mit Ihren Andeutungen?
HAUTEVILLE: Man kommt sich nicht großartig vor, wenn man gelbe Brühe aus Blechschüsseln essen muß.
STRÖBEL: Und das werden Sie noch lange.
HAUTEVILLE *energisch:* Ich werde es n i c h t mehr. Denn das sage ich jetzt: ich bringe in diesem Stall keine Nacht mehr zu. Ich lasse mich nicht mehr mißhandeln.
STRÖBEL *höhnisch:* Wir werden Ihre Erlaubnis einholen.
HAUTEVILLE: Ich bleibe nicht hier. Wenn man denkt, daß ich mich zugrunde richten lasse, dann irrt man sich. Das ist gewissenlos, und da hört meine anständige Gesinnung auf.
STRÖBEL: Ihresgleichen, und anständige Gesinnung!
HAUTEVILLE *bitter:* O ja, meinesgleichen. Wir hören jeden Tag die Beichte von Leuten, die uns öffentlich Verachtung zeigen. Wir wissen, wie verlogen die Redensarten sind, mit denen man uns verurteilt, aber wir schweigen. Wir kennen die Tugend, mit der man gegen uns prahlt, aber wir schweigen.
STRÖBEL: Und alles aus purer anständiger Gesinnung? Nicht wahr? *Er macht die Bewegung des Geldzählens.*
HAUTEVILLE: Ach, mein Herr! Mit Geld bezahlen unsere Besucher das, was sie hinterher unanständig heißen. Anständigkeit erhält man bei uns so wenig wie anderswo für Geld. Glauben Sie mir, wir könnten viele Illusionen zerstören.
STRÖBEL: Dann machen Sie mal hier den Anfang.
HAUTEVILLE: Hier sollte es unmöglich sein. Die Polizei kann so wenig Illusionen haben wie wir. Das heißt, wenn sie gut unterrichtet ist.
STRÖBEL: Nun brauchen Sie ja bloß 'n Vergleich ziehen.
HAUTEVILLE: Wir und die Polizei, wir könnten den Kredit der Tugend ruinieren, aber wir tun es beide nicht. Sie – weil Sie den-

ken, daß der Kredit das Kapital ersetzt, und wir – Gott, weil wir auch diesen Kredit brauchen.
STRÖBEL: Wir auch? Sie auch?
HAUTEVILLE: Wenn die öffentliche Tugend ihren Kredit verliert, fällt die heimliche Sünde im Kurs.
STRÖBEL: Von was sprechen Sie eigentlich?
HAUTEVILLE: Davon, warum die Polizei und wir diskret sein müssen.
STRÖBEL: Und daß es eine wirkliche Moral gibt, ist Ihnen unbekannt?
HAUTEVILLE: Sie meinen die Moral, in der man über die Straße geht? Ich kenne sie gut. Man gibt sie bei mir in der Garderobe ab, und da kann ich sie genau mustern. Es ist merkwürdig, daß man mit Kostümen, die so oft geflickt sind, auch noch Staat machen kann!
REISACHER *der bisher anscheinend teilnahmslos mit dem Rükken gegen die beiden gesessen ist, wendet sich halb um:* Entschuldigen S', Herr Assessor!
STRÖBEL *ungeduldig:* Was wollen denn Sie?
REISACHER: Entschuldigens Herr Assessor, soll ich dös alles ins Protokoll nei'schreib'n?
STRÖBEL: Ich werde Ihnen schon diktieren ... *Zur Hauteville:* Sie sind nicht hier, um sich zu unterhalten.
HAUTEVILLE: Das weiß ich.
STRÖBEL: Hören Sie mal ruhig zu! Sie haben vorhin angedeutet, daß Sie gestehen wollen, wenn man Sie noch 'n Abend hier behält. Na, ich kann Ihnen sagen, wir behalten Sie diesen und einige Abende. Sie können also ruhig Ihr Gewissen erleichtern.
HAUTEVILLE: Ich würde damit nur das Ihrige beschweren.
STRÖBEL: Mein Gewissen?
HAUTEVILLE: Ja. Wenn ich hier rede, gibt es keinen Irrtum mehr. Es muß aber alles ein Irrtum bleiben.
STRÖBEL: Ich habe Geduld gehabt mit Ihnen, aber spaßen lasse ich nicht mit mir. Nehmen Sie sich zusammen und überlegen Sie jedes Wort! Was muß ein Irrtum bleiben?
HAUTEVILLE: Alles, was von Samstagabend bis jetzt geschehen ist.
STRÖBEL: Das muß ein Irrtum bleiben?

HAUTEVILLE: Als Tatsache ist es unmöglich. Niemand ist in meine Wohnung gedrungen. Niemand hat mich verhaftet. Niemand hat niemand gezwungen, in den Kleiderschrank zu flüchten.
STRÖBEL *schreit:* Und niemand hat jemals ein so freches Weibsbild gesehen!
HAUTEVILLE: Dieser Ton!
STRÖBEL: Er paßt für Sie!
HAUTEVILLE *hält sich indigniert die Ohren zu:* Das erinnert einen so an die Blechschüssel und den Kamm!
STRÖBEL *geht zornig auf und ab:* Es ist nicht zu glauben! Die Person macht Andeutungen, als hätten wir etwas zu scheuen. *Bleibt vor der Hauteville stehen.* Ja, glauben Sie vielleicht, die staatliche Autorität versteckt sich vor I h n e n?
HAUTEVILLE: Sie hat sich vor ihrem Kommissär versteckt.
STRÖBEL: Was?
HAUTEVILLE: In den Kleiderschrank.
STRÖBEL *auf und ab gehend:* Ich werde ihn herausholen aus Ihrem Kleiderschrank, den Herrn! Ich werde ihn ans Licht ziehen! Ans helle Tageslicht! *Bleibt vor der Hauteville stehen.* Sagten Sie was?
HAUTEVILLE: Non.
STRÖBEL *geht wieder:* Steigt so einer in die Pfütze und glaubt, wir müssen Rücksicht auf ihn nehmen! Wir! *Bleibt vor der Hauteville stehen.* Was haben Sie gesagt?
HAUTEVILLE: Nichts.
STRÖBEL: Traurig genug, wenn sich wirklich mal ein halbwegs anständiger Mensch zu Ihnen verirrt hat.
HAUTEVILLE: Er kann das nur bedauern, weil er gestört wurde.
STRÖBEL *geht rasch an seinen Schreibtisch und sperrt eine Schublade auf:* Übrigens müssen Sie nicht glauben, daß wir Ihre Geständnisse brauchen! *Er holt ein broschiertes Heft hervor, das die Form eines ziemlich starken Schulheftes hat, und hält es triumphierend in die Höhe.* Da! kennen Sie das?
HAUTEVILLE *ruhig; ohne Spur von Überraschung:* Es sieht aus wie mein Tagebuch.
STRÖBEL: Es ist Ihr Buch.
HAUTEVILLE *sehr ruhig:* Der Schreibtisch war versperrt.

STRÖBEL: Und ist aufgebrochen worden. Na? Was ist jetzt mit Ihrer Diskretion?
HAUTEVILLE *zuckt die Achseln:* Ich habe sie gewahrt. Einen feuerfesten Geldschrank habe ich nicht.
STRÖBEL *höhnisch:* Wollen Sie mir vielleicht den Namen zeigen? Hm?
HAUTEVILLE: Welchen Namen?
STRÖBEL: Den Herrn im Kleiderschrank.
HAUTEVILLE *lacht:* Der steht wahrhaftig nicht darin.
STRÖBEL: Lassen Sie die Ausreden!
HAUTEVILLE: Es gibt Herren, die man nicht ins Fremdenbuch schreibt, wenn sie inkognito reisen.
STRÖBEL *eindringlich:* Hochstetter, ich habe den Eindruck, daß Sie nicht gerade dumm sind. Und ich glaube, daß Sie auf Ihre – Gäste, *auf das Tagebuch zeigend,* gerne Rücksicht nehmen. Wenn Sie mir den Namen nicht sagen, lade ich die ganze Gesellschaft vor.
HAUTEVILLE *zuckt die Achseln:* Ich kann Sie nicht daran hindern.
STRÖBEL: Wo bleibt da Ihre anständige Gesinnung?
HAUTEVILLE: Ich habe das Buch nicht ausgeliefert. Von mir hätten Sie es nie bekommen. Aber daß es der Kommissär im Schreibtisch gefunden hat, ist mir ganz lieb.
STRÖBEL: Meinen Sie?
HAUTEVILLE: Sonst hätte er am Ende den Kleiderschrank untersucht.
STRÖBEL: Jetzt ist meine Geduld zu Ende. *Er drückt auf eine Glocke, die auf seinem Schreibtische steht.* Ich kenne keine Rücksicht mehr. *Ein Schutzmann tritt ein.* Führen Sie die Person ab! *Schutzmann ab mit Hauteville. Ströbel setzt sich, rückt seinen Stuhl heftig an den Schreibtisch, wirft das Tagebuch darauf, nimmt andere Bücher und schlägt sie auf die Tischplatte; dabei spricht er mit sich selbst:* Eine solche Frechheit! Un–er–hört! *Reisacher blickt ihm verstohlen zu und vergnügt sich an der Aufregung. Es klopft.*
STRÖBEL *streng:* Herein!

Fünfte Szene

Beermann *kommt hastig von links. Er atmet schwer, hat ein Taschentuch in der Hand, mit dem er sich häufig die Stirne trocknet:* Bin ich hier endlich im richtigen Bureau? Man schickt mich im ganzen Haus herum. *Holt Atem.* Hoffentlich bin ich jetzt im richtigen Bureau?
Ströbel: Was wollen Sie?
Beermann: Entschuldigen Sie, ich muß mich verschnaufen. Zweimal war ich im dritten Stockwerk und wieder im Parterre. Der Herr Präsident schickt mich weg, ich soll ins Zimmer 147. Dort sagt man, ich muß ins Zimmer 174.
Ströbel: Wer hat Sie geschickt?
Beermann: Der Herr Präsident. *Holt tief Atem.* Ich wollte eigentlich mit ihm selber sprechen, aber er sagte, ich soll zu dem Herrn gehen, der die Sittlichkeit unter sich hat. Sind Sie der Herr, der die Sittlichkeit unter sich hat?
Ströbel: Allerdings.
Beermann: Endlich! *Wischt sich die Stirne.* Herrgott, wenn so viel davon abhängt, soll man einen nicht im Haus herumjagen. Also Sie sind der Herr, der die Sache in der Hand hat?
Ströbel: Was für eine Sache?
Beermann: Am Samstag in der Nacht ist eine Dame verhaftet worden. Man hat ihr gewisse Aufschreibungen weggenommen. Haben Sie diese Aufschreibungen hier?
Ströbel: Was geht das Sie an?
Beermann: Mein Name ist Beermann. Rentier Fritz Beermann. Ich bin der Präsident des Sittlichkeitsvereins.
Ströbel *sehr höflich:* Ach so! Verzeihen Sie nur! Ich habe mich nicht gleich an Ihren Namen erinnert, aber ich habe Sie erwartet.
Beermann *erschrocken:* Sie haben mich erwartet?
Ströbel: Der Herr Präsident sagte, daß Sie jedenfalls kommen würden.
Beermann: Er sagte, daß ich jedenfalls kommen würde? Aber davon hat er kein Wort gesagt, wie ich jetzt bei ihm war! Es wäre vielleicht gut, wenn ich wieder zu ihm hinunter ginge?
Ströbel: Das ist nicht nötig. Ich habe die Sache in der Hand.

BEERMANN: Freilich, Sie haben die Sache in der Hand. Und die Aufschreibungen, die sind auch bei Ihnen?

STRÖBEL: Das Tagebuch? *Er zeigt auf den Schreibtisch.* Da liegt es.

BEERMANN *schielt ängstlich hin:* Es ist also ein richtiges Tagebuch?

STRÖBEL: Und genau geführt. Datum, Name. Sogar scherzhafte Bemerkungen über die Betreffenden.

BEERMANN *schreit:* Es ist eine unglaubliche Gemeinheit! Wozu schreibt sie das auf? Was hat das für einen Zweck? Sie muß sich doch sagen, daß es gefährlich ist! In drei Teufels Namen, wenn man selbst auf Diskretion angewiesen ist, legt man doch kein Adreßbuch an!

STRÖBEL: Seien wir froh, Herr Beermann!

BEERMANN: Wir?

STRÖBEL: Ich sage Ihnen, die Person würde lügen! Aber dagegen gibt es nichts. *Hebt das Tagebuch in die Höhe.* Sie soll uns vor Gericht nur kommen mit ihren Redensarten! *Ahmt die Hauteville nach.* »Als Tatsache ist es unmöglich!« Ich werde sie mit Tatsachen an die Wand drücken. Wir holen einfach die Kerle vor. Einen nach dem andern.

BEERMANN *bestürzt:* Vors Gericht?

STRÖBEL: Jawohl! Da heißt's: Hand auf und geschworen! Ich will sehen, ob niemand niemand gezwungen hat, in einem Kleiderschrank zu verschwinden!

BEERMANN: Aber das ist unmöglich! Man ruiniert nicht das Familienleben einer Stadt!

STRÖBEL: Wieso?

BEERMANN: Es soll sich jeder im Gerichtssaal hinstellen und vor allen Leuten sagen: jawohl, es ist wahr, daß ich ... und so weiter?

STRÖBEL: Warum nicht?

BEERMANN *schreit:* Es sind doch lauter Familienväter!

STRÖBEL: Aber lieber Herr Beermann, das ist doch mir ganz egal!

BEERMANN: Das ist nie und unter keinen Umständen egal. *Auf Reisacher blickend.* Können wir nicht unter vier Augen ...?

STRÖBEL: Wenn Sie es wünschen. Reisacher, stellen Sie im Vorzimmer den Polizeibericht zusammen!

Reisacher: Jawoll, Herr Assessor. *Er nimmt einige Schreibereien und geht durch die mittlere Türe ab.*

Sechste Szene

Ströbel: Nehmen Sie doch Platz, Herr Beermann! *Beermann setzt sich auf das Sofa; Ströbel nimmt gegenüber auf einem Stuhle Platz.*

Beermann *trocknet sich die Stirne:* Eine Frage, Herr Assessor: Sind Sie verheiratet?

Ströbel: Nein.

Beermann: Ich dachte mir's. Wenn Sie Familie hätten, würden Sie nicht so von Egalsein reden.

Ströbel: Wenn ich Familie hätte, würde ich mich zunächst nicht kompromittieren.

Beermann: Aber ...

Ströbel: Ich stünde nicht in dem Tagebuch der Frau Hochstetter.

Beermann: Das kann man nie wissen.

Ströbel: Erlauben Sie mir! Wo ist da überhaupt noch 'n Familienleben, wenn solche Geschichten passieren?

Beermann: Wieso? Wenn es niemand erfährt?

Ströbel: Man lebt doch nicht fortwährend unter Lügen!

Beermann: Herr Assessor, wenn in der Ehe die Lügen aufhören, dann geht sie auseinander.

Ströbel: Nanu!

Beermann *eindringlich:* Glauben Sie mir! In jeder glücklichen Ehe lügt man einander vor, daß sich die Gefühle nicht verwandeln.

Ströbel: Aber man bleibt sich treu.

Beermann: Keine Idee!

Ströbel: Na, hören Sie, das ist doch selbstverständlich!

Beermann: Aber keine Idee! Wenigstens nicht buchstäblich! Ein Mann ist treu, auch wenn er ... und so weiter.

Ströbel: Ihre Ansichten überraschen mich ...

Beermann: Ich meine, er ist treu in seiner Art. Er bleibt immer noch wohlwollend gegen seine Frau, er sorgt für die Familie,

und das ist die Hauptsache. Das andere, was Sie meinen, das ist bloß 'n Ideal.
STRÖBEL: Und Ideale befolgt man.
BEERMANN: M–ja! Aber wenn man sie nicht befolgt, schont man Sie wenigstens.
STRÖBEL: Ich muß sagen, ich wundere mich. Sie sind doch Vorstand des Sittlichkeitsvereins?
BEERMANN: Was konnte ich machen, wenn man mich wählt?
STRÖBEL: Aber jedenfalls vertreten Sie die Ansichten Ihres Vereins, und ich dachte, Sie seien deshalb hierher gekommen?
BEERMANN: Weshalb?
STRÖBEL: Um Ihrer Befriedigung Ausdruck zu geben, daß wir das Treiben dieser Person aufgedeckt haben.
BEERMANN: Deshalb bin ich hierhergekommen?
STRÖBEL: Nicht?
BEERMANN *hält sich das Taschentuch vor die Stirne:* Verzeihen Sie, Herr Assessor, ich bin noch angegriffen von dem vielen Treppensteigen. Ich kann Ihnen nur nicht so schnell folgen. Nicht wahr, Sie erwähnten doch vorhin ein Tagebuch?
STRÖBEL: Ja.
BEERMANN: Und das Tagebuch, das haben Sie gelesen?
STRÖBEL: Nein; ich habe noch keine Zeit gehabt.
BEERMANN: Aber Sie sagten doch etwas von scherzhaften Bemerkungen, die darin stehen?
STRÖBEL: Was ich so beim Durchblättern gesehen habe.
BEERMANN *erleichtert:* So?
STRÖBEL: Übrigens, der Inhalt des Tagebuchs wird Ihnen ein Geheimnis bleiben, Herr Beermann. Ich darf Ihnen nichts darüber sagen.
BEERMANN: Nein, nein, ich will nichts davon wissen.
STRÖBEL: Sie erfahren später alles, wenn die Gerichtsverhandlung ist.
BEERMANN *bestürzt:* Ja, wird es da verlesen?
STRÖBEL: Selbstverständlich. Heute kann ich Ihnen nicht mehr sagen, als daß wir rücksichtslos vorgehen werden. Darüber kann Ihr Verein beruhigt sein.
BEERMANN *aufstehend:* Ich bin aber gar nicht beruhigt, wenn ich an die Folgen denke.

STRÖBEL *ebenso:* Was kümmern Sie die Folgen? Sie haben sich ein hohes Ziel gesteckt in Ihrem Verein. In Ihrem Programm heißt es, daß Sie mit eiserner Energie die Auswüchse beseitigen wollen. Jetzt erleben Sie die Genugtuung.

BEERMANN: In unserm Programm heißt es, daß wir für die Erhaltung der Ehe eintreten unter nationalen, sittlichen und sozialen Gesichtspunkten. Und die Ehe wird untergraben, wenn das alles bekannt wird!

STRÖBEL: Was sind das für sittliche Gesichtspunkte?

BEERMANN: Aber soziale! Weil gerade die besitzende Klasse kompromittiert wird!

STRÖBEL: Das wird sich die selbst zuschreiben.

BEERMANN: Es ist einfach unmöglich! Es muß sich ein Ausweg finden lassen.

STRÖBEL: Aus dem Bereiche des Gesetzes gibt es keine Auswege.

BEERMANN: Wem sagen Sie das? Dann gibt es eben Umwege.

STRÖBEL *verweisend:* Herr Beermann!

BEERMANN: Jawohl! Ich bin alt genug, um das zu wissen. Die Polizei hat – weiß Gott! – nicht die Aufgabe, einen solchen Riesenskandal zu provozieren. Da geht Autorität verloren. Da wird bei den Massen der Respekt erschüttert.

STRÖBEL: Den Skandal haben diese Herren, *auf das Tagebuch klopfend,* provoziert.

BEERMANN: Das ist kein Skandal, wenn zwischen vier Wänden sich einer mal gehen läßt. Ein Skandal wird es erst, wenn man die Geschichte vor Krethi und Plethi breit tritt. Aber – das geht einfach nicht!

STRÖBEL: Herr Beermann, ich ehre die humane Idee, welche Sie offenbar leitet. Sie müssen jedoch zugeben, daß wir vollständig im Einklang handeln mit den Klassen, von denen Sie sprechen.

BEERMANN: Aber nein!

STRÖBEL: Aber ja! Die gute Gesellschaft hat hier vor zwei Wochen einen Verein gegründet, weil sie eine größere Strenge gegen die Unsittlichkeit für notwendig hält.

BEERMANN: Gegen die Unsittlichkeit in den unteren Schichten, wo sie leicht in Zügellosigkeit ausartet. Als Präsident muß ich am Ende wissen, was wir wollen.

STRÖBEL: Auch die Frau Hochstetter gehört zu den unteren Schichten. Wenn jetzt Berührungspunkte zutage treten, so tut's mir leid.
BEERMANN: Die Polizei soll nichts tun, was ihr leid tut. Herrgott! Wenn mich nur der Präsident angehört hätte! So was behandelt man doch nicht bloß geschäftsmäßig!
STRÖBEL: Der Herr Präsident hätte das nämliche gesagt. Er kann auch nichts ändern.
BEERMANN: Man kann alles.
STRÖBEL: Hier liegen die Beweise. *Deutet auf das Tagebuch.* Kein Mensch kann sie mehr aus der Welt schaffen. Auch der Herr Präsident nicht.
BEERMANN: Und was geschieht damit?
STRÖBEL: Sie gehen an den Staatsanwalt. Die Lawine ist im Rollen.
BEERMANN: Und was sie erschlagen wird, das sollen wir einfach abwarten? *Es läutet am Telephon.*
STRÖBEL: Entschuldigen Sie mich einen Augenblick. *Geht nach rechts zum Telephon.*
Während Ströbel am Telephon spricht und ihm den Rücken kehrt, geht Beermann zum Schreibtisch und versucht, in das Tagebuch einen Blick zu werfen. Er öffnet es furchtsam und schließt es mehrmals, wenn er glaubt, daß sich Ströbel umwendet.
STRÖBEL *am Telephon:* Hier Amtszimmer des Assessor Ströbel ... Wer dort ... Hier Amtszimmer ... Jawohl ... Assessor Ströbel ... ach, Pardon, Herr Präsident ... *Pause* ich habe verstanden, gewiß. Ich werde im Bureau bleiben ... *Pause* ich habe die Hochstetter vernommen ... die Frau Hauteville ja ... *Pause* ich bleibe im Bureau, bis Herr Präsident kommen, ich habe die Ehre. *Ströbel läutet ab. Beermann schließt hastig das Buch und bemüht sich, gleichgültig auszusehen.*
STRÖBEL: Da sehen Sie selbst, Herr Beermann, daß der Präsident die Sache im Gang hält. Er will heute noch mal mit mir darüber konferieren.
BEERMANN: Man muß also hilflos zusehen, wie das Unglück kommt?
STRÖBEL: Sie müssen konsequent sein ...
BEERMANN: Da können Bekannte dabei sein, Verwandte.

STRÖBEL: Sie müssen konsequent sein. Die Gründung Ihres Vereins ist doch jetzt glänzend gerechtfertigt.
BEERMANN *wütend:* Ach, lassen Sie mich in Ruhe mit dem dummen Sittlichkeitsverein! Man bleibt doch 'n Mensch!
STRÖBEL: Ich begreife Sie nicht.
BEERMANN: Sehen Sie, ich habe die schwersten Gewissensbisse. Heute nacht, wie ich mir das so vorstellte, was kommen wird, dieses Familienunglück, da habe ich mich gefragt, was ist wichtiger: daß man Moral besitzt, oder daß man an unsere Moral glaubt?
STRÖBEL: Und Sie haben die Antwort nicht gefunden?
BEERMANN: Doch, ich bin mir vollständig klar darüber geworden, daß es viel wichtiger ist, wenn das Volk an unsere Moral glaubt.
STRÖBEL: Dazu hätten Sie keinen Verein gebraucht.
BEERMANN: Erst recht. Moralisch s e i n, das bringe ich in meinem Zimmer allein fertig, aber das hat keinen erzieherischen Wert. Die Hauptsache ist, daß man sich öffentlich zu moralischen Grundsätzen bekennt. Das wirkt günstig auf die Familie, auf den Staat.
STRÖBEL: Ich muß sagen, von der Seite habe ich die Sache noch nicht betrachtet.
BEERMANN: Denken Sie bloß nach! Mit der Moral ist es genau wie mit der Religion. Man muß immer den Eindruck haben, daß es eine gibt, und einer muß vom andern glauben, daß er eine hat. Meinen Sie denn, daß es noch eine Religion geben würde, wenn die Kirche unsere Sünden öffentlich verhandeln würde? Aber sie vergibt sie im stillen, und so schlau sollte der Staat auch sein.
STRÖBEL: Es klingt manches richtig von dem, was Sie sagen.
BEERMANN: Es ist richtig. Sie können sich darauf verlassen.
STRÖBEL: Theoretisch vielleicht. Aber das hilft uns nichts. Solange das Gesetz es vorschreibt, werden diese Sünden, *auf das Tagebuch klopfend,* öffentlich verhandelt.
BEERMANN: Auch wenn man weiß, daß der Staat Schaden leidet?
STRÖBEL *zuckt die Achseln:* Tja!
BEERMANN: Nehmen wir an – ich weiß es ja nicht – aber nehmen wir an, nur e i n angesehener Mensch hätte mal 'ne schwache Stunde gehabt und stünde in dem Buch ...

Ströbel *energisch:* Dann wird er vorgeladen, ohne Gnade und Barmherzigkeit.

Beermann *schreit:* Aber das ist ja der helle Blödsinn!

Ströbel *verweisend:* Es ist Pflichterfüllung. *Lehrhaft:* Sehen Sie, Herr Beermann, Sie sind Laie. Bei Ihnen darf das Gefühl eine Rolle spielen. Wir Beamte dagegen stoßen mit unsern Empfindungen an die eherne Mauer der Pflicht.

Beermann *hält sich die Ohren zu:* Hören Sie auf!

Ströbel: Darüber weg tragen uns keine Schwingen.

Beermann *zornig:* Wenn man schon Federvieh ist, soll man auch fliegen können. Ich will Ihnen was sagen. Wissen Sie, was wir seit drei Wochen tun? Die Zungen reden wir uns aus den Hälsen, um eine regierungsfreundliche Wahl zu ermöglichen. Nichts wie Vaterland und Staat und Religion seit drei Wochen! Und das ist der Dank! Ins Teufels Namen, stellen Sie sich vor, es würde einer kompromittiert, der in dreißig Versammlungen staatsfeindliche Ideen bekämpft hat!

Ströbel *zuckt die Achseln:* Tja!

Beermann: Liefert die Regierung ihren eigenen Gegnern den Mann aus?

Ströbel: Wir würden ihn bedauern, aber wir müßten ihn vorladen.

Beermann: Ohne Gnade und Barmherzigkeit – *Am Telephon läutet es sehr heftig.*

Ströbel: Entschuldigen Sie einen Augenblick! *Ströbel geht zum Telephon und wendet Beermann den Rücken zu.* Hier Amtszimmer – – jawohl, Herr Präsident, ich bin selbst am Telephon *kleine Pause* ... bei der Verhaftung? ... bei der Verhaftung war der Kommissär anwesend und ein Schutzmann ... *kleine Pause* und ein Schutzmann ... *Pause* gewiß, Herr Präsident, ich habe verstanden ... ich soll den Kommissär Schmuttermaier *kurze Unterbrechung* ... ich soll den Esel Schmuttermaier sofort hierher zitieren ... *Pause* und soll selbst warten ... jawohl, Herr Präsident. *Während des Telephongespräches ist Beermann wieder an den Schreibtisch getreten. Er nimmt mit zitternder Hand das Tagebuch, legt es wieder hin, nimmt es wieder und schiebt es hastig mit energischem Ruck in die Brusttasche. Ströbel geht in deprimierter Stimmung vom Telephon weg. Beer-*

mann stellt sich so vor den Schreibtisch, daß ihn Ströbel nicht überblicken kann. Er ist verstört und hustet, um seine Unruhe zu verbergen. Ströbel drückt auf eine Glocke, die auf Reisachers Tisch steht.

BEERMANN *unter Hustenanfällen:* Ich sehe ein, daß nichts mehr zu machen ist, und will Sie nicht länger stören.

STRÖBEL *hastig:* Nein, bitte, bleiben Sie! Im Augenblick kommt der Präsident, da können Sie mit ihm selbst sprechen.

BEERMANN: Sie sagten doch, daß es nichts hilft ... *Reisacher kommt durch die Mitteltüre.*

STRÖBEL *dringlich:* Reisacher, suchen Sie sofort den Kommissär Schmuttermaier! Wenn er nicht im Hause ist, schicken Sie nach ihm! Oder telephonieren Sie! Er muß sofort hierher kommen.

REISACHER: Jawoll, Herr Assessor. *Rasch ab durch die Mitteltüre.*

BEERMANN: Sie sagten selbst, daß es nichts hilft, und ich empfehle mich Ihnen.

STRÖBEL *unruhig:* So warten Sie doch auf den Präsidenten!

BEERMANN: Es hat keinen Zweck. Ich ... ich habe getan, was ich konnte ... und wenn es nichts nützt ... also ... adieu! *Will ab nach links. Die Türe wird jedoch heftig aufgerissen; der Polizeipräsident erscheint, läßt Baron Schmettau eintreten und zieht die Türe zu.*

Siebente Szene

PRÄSIDENT *zu Schmettau:* Darf ich bitten, Herr Baron ... *Zu Beermann:* Ah ... das ist ja ... der Herr Präsident des Sittlichkeitsvereins? *Beermann verneigt sich. Höhnisch:* Haben Sie Ihre Mission beendigt? *Beermann verneigt sich.* Sind Sie mit der Verhaftung zufrieden, oder wünschen Sie noch mehr? *Zornig.* Herr, ich verbitte mir ein für allemal Ihre Kontrolle. Predigen Sie Ihre Grundsätze wo Sie wollen, aber nicht hier! *Beermann schleicht sich unter tiefen Verbeugungen hinaus.*

Achte Szene

PRÄSIDENT *zu Schmettau:* Diese Moralprediger pfuschen uns ins Handwerk ...

SCHMETTAU *mit einem Blick auf den Assessor:* Darf ich bitten, mich vorzustellen?

PRÄSIDENT: Assessor Ströbel – Freiherr von Schmettau, Adjutant Seiner Hoheit, des Prinzen Emil. *Ströbel schlägt die Hacken zusammen und verbeugt sich tief. Schmettau dankt kurz.*

PRÄSIDENT *in scharfem Tone:* Herr Assessor, ich habe Herrn Baron Schmettau ersucht, mit mir zu kommen, weil ich in seiner Gegenwart eine Taktlosigkeit korrigieren will, die zu meinem größten Bedauern und gegen meine Intentionen von diesem Kommissär Schmuttermaier begangen wurde.

SCHMETTAU: Es war scheußlich.

PRÄSIDENT: Ich will wissen, welchen Auftrag der Mann hatte.

STRÖBEL *ängstlich:* Herr Präsident meinen den Fall mit der Hochstetter?

PRÄSIDENT: Mit Frau von Hauteville – ja. Wer hat die Recherchen geleitet?

STRÖBEL: Die Recherchen?

PRÄSIDENT: Man hat hoffentlich vor der Verhaftung sich genau informiert, mit wem man es zu tun hatte?

STRÖBEL: Gewiß, Herr Präsident ...

PRÄSIDENT: Und das Ergebnis?

STRÖBEL: Ich erhielt die Gewißheit, daß die Frau in Konflikt mit der Moral stand.

PRÄSIDENT: Ich muß im dienstlichen Verkehr um klare Antworten bitten. Was haben die Recherchen ergeben?

STRÖBEL: Daß sie auffälligen Herrenbesuch empfing.

PRÄSIDENT: Auffällig? Dann weiß der Kommissär, wer die Herren waren?

STRÖBEL: Das nicht ...

PRÄSIDENT: Nicht? Er forschte nicht nach, wenn ihm was auffällig war?

STRÖBEL: Er wollte nur konstatieren, daß die Besuche der Hauteville galten.

PRÄSIDENT: So? – – Ich habe recht genügsame Beamte. Um das Wer und Was kümmerte sich der Mann nicht?
STRÖBEL: Ich dachte auch, das würde sich hinterher finden.
PRÄSIDENT: Es gibt Dinge, die man nicht sucht und noch weniger findet. Sie haben die Sache angefaßt, als hätten Sie einen Taschendieb fangen müssen. *Zu Schmettau:* Es ist, wie ich Ihnen sagte ... Der Mann hat keine Ahnung gehabt. *Zu Ströbel:* Hat dieser Schmuttermaier von Besuchern etwas gehört oder gesehen in der Wohnung?
STRÖBEL: Nein, Herr Präsident.
PRÄSIDENT *zu Schmettau:* Wie ich Ihnen sagte ...
STRÖBEL: Übrigens war jemand in der Wohnung, wie ich jetzt weiß ...
PRÄSIDENT *rasch:* Wer?
STRÖBEL: Das habe ich noch nicht eruiert. Die Hauteville hat nur Andeutungen gemacht, als habe sich jemand in einen Kleiderschrank geflüchtet.
PRÄSIDENT: Hat sich allerdings – hat sich leider – *zu Schmettau:* zu meinem aufrichtigen Bedauern – Seine Hoheit, unser gnädigster Erbprinz Emil.
STRÖBEL *bestürzt:* Ich ... ich hatte keine Ahnung ...
PRÄSIDENT: Man hat einfach die Ahnung. Wenn dieser Schmuttermaier Talent hätte, wäre das nicht passiert. Aber es ist die alte Geschichte; von selbständigem Takt keine Spur!
STRÖBEL: Ich weiß nicht, wie ich mich entschuldigen soll.
PRÄSIDENT: Ich auch nicht. Übrigens hat Herr Baron Schmettau den ganzen unliebsamen Vorfall mitgemacht.
SCHMETTAU *spricht sehr korrekt, doch scharfes st:* Ich war wie vor den Kopf geschlagen. Ich verstehe so etwas nicht. Stellen sich das mal vor ... Gott ja! ... ich war und bin der Ansicht, daß unsere junge Hoheit das Leben kennen lernen muß ... und ich habe doch nicht die Aufgabe, als Pastor zu wirken ...
PRÄSIDENT: Aber ich bitte, Herr Baron, das ist ja selbstverständlich ...
SCHMETTAU: Es ist das nun mal meine Ansicht. Ich stehe im Leben und bin Kavalier, und ich halte das für das Richtige, daß Hoheit das Leben kennen lernen soll ...
PRÄSIDENT: Ich teile vollkommen Ihre Ansicht.

SCHMETTAU: Aber es ist vorhin der Ausdruck Moral gefallen. Ich kann in meiner Stellung solche Worte mal von der Kanzel hören, aber außerhalb der Kirche muß ich sie entschieden zurückweisen.
PRÄSIDENT *zum Assessor:* Sie haben den Ausdruck gebraucht.
SCHMETTAU: Wenn jemand behaupten will, daß meine Erziehung nicht vollständig ist, muß er das mit der Pistole in der Hand beweisen.
STRÖBEL: Ich dachte nicht, daß Sie das Wort verletzen würde.
SCHMETTAU: Es hat mich verletzt. Solche Ausdrücke gehören in Asyle für Verwahrloste, aber man wendet sie nicht auf kavaliermäßige Vergnügungen an.
PRÄSIDENT: Darf ich für meinen Assessor ein gutes Wort einlegen? Er hat sicher nicht daran gedacht, Sie zu beleidigen.
SCHMETTAU: Er hat nicht daran gedacht? *Zum Assessor:* Dann will ich annehmen, daß der Ausdruck nicht gefallen ist. *Ströbel schlägt die Hacken zusammen.* Ich bin etwas gereizt, aber das ist kein Wunder. Sie können sich denken, mit welcher Sorgfalt ich zu Werk gegangen bin. Man hat mir von berufener Seite Frau von Hauteville empfohlen; sie hat gute Manieren, ist diskret.
PRÄSIDENT: Sicher eine sehr anständige Person in ihrer Art.
SCHMETTAU: Absolut. Nachdem ich mal auf dem Standpunkt stehe, daß Hoheit das Leben kennen lernen muß, konnte ich nicht besser disponieren. *Zum Präsidenten:* Wir verstehen uns?
PRÄSIDENT: Gewiß!
SCHMETTAU: Jede Garantie gegen Taktlosigkeiten; alles tipp – topp. Nun stellen sich vor, von meiner Seite geschieht alles Menschenmögliche, und dann kommt es zu einem solchen unglaublichen Skandal!
PRÄSIDENT: Es ist die alte Geschichte. Die Leute haben keinen Takt.
SCHMETTAU: Das hilft mir nichts. Ich rede Ihnen nicht in Ihr Ressort hinein. Das liegt mir sehr ferne, aber ich muß Ihnen sagen, das hilft mir nichts. An mir bleibt die Sache hängen. Man sagt mir ganz einfach, so was durfte nicht passieren. Das ist eine unmögliche Situation!
PRÄSIDENT *zu Ströbel:* Die Sie geschaffen haben.

Schmettau: Wenn ich das hätte ahnen können, dann hätte ich Sie vorher avisiert.

Präsident: Hätten Sie nur!

Schmettau: Wer denkt an so was? Ich muß doch annehmen, daß die Polizei in erster Linie Diskretion wahrt!

Ströbel: Ich gebe Ihnen mein Ehrenwort, Herr Baron, daß ich nicht im Traume an eine solche Begegnung dachte.

Schmettau *zieht die Achseln hoch:* Ist das so schwer zu denken?

Präsident: Dasselbe, was ich sage. Wenn man seinen Dienst kennt, weiß man so was. Aber wenn man in Volksverbesserung arbeitet, hat man die Nase in der Luft.

Schmettau: Dieser Kommissär oder was der Kerl ist, hat sich überhaupt benommen, als wenn er Stoff für eine sozialdemokratische Zeitung sammeln müßte. Hoheit waren noch nicht fünf Minuten im Hause, da läutet es heftig, und jemand stößt mit den Stiefeln gegen die Türe wie 'n betrunkener Fuhrknecht. Madame stürzt in das Zimmer und ruft: »Hoheit sehen mich unglücklich, die Polizei ist hier!« »Lassen Sie nur!« sage ich; »sie wird rasch verschwinden.« »Unmöglich!« sagt sie, »ich kann nicht zugeben, daß man Hoheit förmlich attrappiert; ich nehme die Sache auf mich.« Die Frau hat den Takt, das zu sagen. »Unmöglich«, sagt sie, »daß man Hoheit attrappiert.«

Präsident: Wirklich anständig!

Schmettau: Absolut. Und mir leuchtet sofort ein, daß sie recht hat. Die Situation ist scheußlich. Der Kerl verlangt womöglich 'n Militärpaß von Hoheit! Was tun? Madame sagt: »Verstecken Sie sich um Gottes willen in den Schrank!« Draußen macht der Kerl Radau, klopft, stößt, brüllt, läutet, von links und rechts wird die Nachbarschaft lebendig, und mitten in diesem Tohuwabohu steht – – Hoheit! Was tun? Ein paar Sekunden später stekken Hoheit neben mir in einem Schrank zwischen Kleidungsstücken und holen nur mühsam Atem.

Ströbel: Wenn ich nur eine Ahnung gehabt hätte!

Präsident *zornig:* Wissen sollen Sie! Nicht ahnen!

Schmettau: Und was nun kam! Das ging mit genagelten Stiefeln durch die Zimmer, Türe auf, Türe zu, und immer grob und flegelhaft, und steht drei oder viermal vor unserm Schrank, und ich fühle effektiv, wie Hoheit schwitzen. Stellen sich mal die Situation vor, wenn der Mensch den Schrank öffnet! Stellen sich das vor, und dann wissen Sie, wie mir zumut war.

PRÄSIDENT: Sie müssen furchtbar gelitten haben!

SCHMETTAU: Was liegt an mir? In solchen Momenten denkt man nur an Hoheit. Es war infam! Endlich entfernten sich die Schritte. Madame, die sich übrigens tadellos benahm, wird abgeführt, und Hoheit können den Schrank verlassen, in dem Sie hoch zwanzig Minuten zugebracht haben. Und jetzt frage ich noch einmal: Wie war das möglich?

PRÄSIDENT *zu Ströbel:* Die Antwort werden Sie finden.

SCHMETTAU: Obendrein ist die Frau noch in Haft. Die Zeitungen schreiben darüber; Hoheit leiden unter den Möglichkeiten, die es noch geben kann.

PRÄSIDENT: Darüber können Sie beruhigt sein, Herr Baron! Jetzt wache ich über den Verlauf. *Zieht die Uhr und spricht mit affektierter Ruhe:* Wir haben ein Viertel vor eins. Heute abend acht Uhr ist Frau von Hauteville auf freiem Fuß, und es ist alles so arrangiert, daß ihre Entlassung keinen Verdacht erregt.

ASSESSOR: Aber wie ...?

PRÄSIDENT: Details sind Ihre Sache.

Vorhang

DRITTER AKT

Im Hause Beermanns. Behaglich eingerichtetes Herrenzimmer. An der rechten Seite Schreibtisch, der bis an das große Doppelfenster gerückt ist. An der rückwärtigen Wand rechts ein langes Bücherregal; daneben ein Lederfauteuil. Mehr nach links eine Doppeltüre mit Glasscheiben. An der linken Seite vorne ein Rauchtisch, einige bequeme Lehnstühle. Dann eine einfache Türe.

Erste Szene

Beermann kommt durch die Glastüre, geht an den Schreibtisch, sperrt eine Schublade auf und nimmt das Tagebuch der Hauteville heraus. Er sieht sich vorsichtig um, holt aus dem Bücherregal einen Band des Konversationslexikons, schlägt ihn auf und legt das Tagebuch darauf. Er setzt sich und beginnt zu lesen. In diesem Augenblicke wird die Glastüre leise geöffnet, und Frau Beermann sieht herein.

FRAU BEERMANN: Bist du allein, Fritz?

BEERMANN *schlägt erschrocken den Band zu, wodurch das Tagebuch eingeklemmt wird:* Aber Lina, wie kannst du mich so erschrecken?

FRAU BEERMANN: Ich wußte bis gestern nicht, daß du nervös bist.

BEERMANN: Ach was, nervös! Ich bin überarbeitet, aufgeregt. Wenn man jeden Tag eine Rede vorbereiten soll!

FRAU BEERMANN: Und darin habe ich dich gestört? Entschuldige!

BEERMANN: Was willst du eigentlich?

FRAU BEERMANN: Dich um eine Unterredung bitten.

BEERMANN: Das muß doch nicht jetzt sein! Morgen oder ...

Zweite Szene

EFFIE *öffnet die Glastüre und ruft:* Papa, hast du vergessen?
BEERMANN *ungeduldig:* Auf was denn?
EFFIE *tritt ein:* Wir wollten doch heute zu der indischen Tänzerin gehen?
BEERMANN: Das geht heute nicht.
EFFIE: Ach Gott, und ich hab' mich so gefreut. Sie tritt zum letztenmal auf.
BEERMANN: Dann warten wir eben, bis die nächste kommt.
EFFIE: Ich weiß nicht, warum gerade wir so schwerfällig sind.
BEERMANN: Weil ich noch andere Sachen zu tun habe, als so ein Gehüpfe ansehen.
EFFIE *lustig:* Huh! Wie bös!
BEERMANN: Ich bin gar nicht aufgelegt für so was!
EFFIE *tritt an den Schreibtisch und nimmt den Band des Konversationslexikons:* Das kommt bloß von deiner Politik. Man muß dir die Schmöker konfiszieren.
BEERMANN *erregt:* Gib das Buch her!
EFFIE *springt weg:* Nein, Papachen! Du wirst uns noch krank damit!
BEERMANN *schreit:* Ich verbitte mir die Scherze. Du gibst sofort das Buch her!
FRAU BEERMANN: Was hast du denn?
BEERMANN: Ich kann das unkindliche Betragen nicht leiden.
EFFIE *legt das Buch auf den Tisch:* Ich bitte um Verzeihung, lieber Papa!
BEERMANN *nimmt hastig den Band und stellt ihn in das Regal:* Jeder Scherz hat seine Grenzen; das darfst du nicht vergessen.
EFFIE: Und zur Strafe darf ich die Tänzerin nicht sehen?
BEERMANN: Ich möchte doch lieber mit dir gehen, als -- hier sitzen. Aber es ist einmal nicht möglich.
FRAU BEERMANN: Geh jetzt, Kind! Ich muß noch allein mit Papa reden.
BEERMANN: Aber ich habe wirklich keine Zeit.
FRAU BEERMANN *bestimmt:* So viel hast du.
EFFIE: Adieu, Papachen!

Dritte Szene

Frau Beermann setzt sich in den Lederstuhl, der neben dem Bücherregal steht. Beermann steht mit dem Rücken an den Schreibtisch gelehnt. Durch das Doppelfenster scheint die Abendsonne, so daß Beermann beleuchtet ist, während Frau Beermann im Halbdunkel sitzt.

BEERMANN: Lina, ist es notwendig, daß wir ...?
FRAU BEERMANN: Ja.
BEERMANN: Läßt sich's nicht verschieben?
FRAU BEERMANN: Ich habe es manches Jahr verschoben, und jetzt ist es Zeit geworden.
BEERMANN *verwirrt:* Manches Jahr? Von was sprichst du denn?
FRAU BEERMANN: Ich habe eine Bitte an dich.
BEERMANN: Aber gerne ...
FRAU BEERMANN: Blamiere uns nicht!
BEERMANN: Wie?
FRAU BEERMANN: Du sollst uns nicht blamieren. Das ist meine Bitte.
BEERMANN: Sei so gut und gib mir keine Rätsel auf!
FRAU BEERMANN: Was man weiß, muß man nicht erst erraten.
BEERMANN: Erklär dich doch deutlich!
FRAU BEERMANN: N ... n ... nein! Ich werde mich nicht deutlich erklären.
BEERMANN: Das verlange ich als dein Mann.
FRAU BEERMANN: N ... nein!
BEERMANN: Das ist aber sehr traurig! Zwischen Eheleuten soll es überhaupt keine Geheimnisse geben.
FRAU BEERMANN: Ist das wieder ein Grundsatz? Aber es sind ja keine Geheimnisse! *Beermann zuckt die Achseln.* Nein. Nimm an, ich wüßte einiges von dir.
BEERMANN *hastig:* Was?
FRAU BEERMANN: Einiges. Was du sehr genau wissen mußt, und was ich nun auch weiß. *Kleine Pause.* Dein Grundsatz ist also nicht verletzt. Es gibt zwischen uns keine Geheimnisse.
BEERMANN: Ich kann mir nicht den Kopf zerbrechen.

FRAU BEERMANN: Und du sollst auch nicht denken, daß ich hier auf dem Richterstuhl sitze.
BEERMANN *mit falschem Pathos:* Anstatt, daß du frei heraus sagst, was du gehört hast! Dann könnte ich mich rechtfertigen.
FRAU BEERMANN: Das will ich gerade vermeiden. Es hat so was Jugendliches, sich rechtfertigen.
BEERMANN *wie oben:* Auf die Weise kann die niedrigste Verleumdung ein Familienglück zerstören.
FRAU BEERMANN: Ach, Fritz! Wir haben so gar keine Zuhörer.
BEERMANN: Du nimmst mich nicht ernst?
FRAU BEERMANN: Nein. Und das ist gut für uns beide. Jedenfalls für mich.
BEERMANN: Was dabei Gutes sein kann! Ich hätte mir was anderes erwartet.
FRAU BEERMANN: Das hast du nicht. Wenn du ehrlich sein willst, muß du mir's zugeben. Wir spielen einander seit vielen Jahren Theater vor. Du als christliches Familienhaupt und ich als gläubige Zuschauerin.
BEERMANN: Das ist recht hübsch!
FRAU BEERMANN: Nicht hübsch, aber wahr. Wir können am Ende nichts dafür, denn es kommt von den angelernten Ideen. Ihr alle sollt imponieren, wir alle sollen bewundern.
BEERMANN: Und dir ist das nicht möglich?
FRAU BEERMANN: Auch christliche Hausregeln müssen begründet sein. Was hätte ich bewundern sollen?
BEERMANN: Wenn du mich erst fragst!
FRAU BEERMANN: Vielleicht habe ich es schneller aufgegeben als andere. Aber das liegt in unseren Verhältnissen. Wir waren immer zusammen. Woher soll ein Mann soviel Charakter nehmen, daß er jeden Tag vierundzwanzig Stunden damit wirkt?
BEERMANN: Also das stellt ungefähr deine Ansicht über unsere Ehe vor?
FRAU BEERMANN: Es stellt sie genau vor.
BEERMANN: Nach so langer Zeit!
FRAU BEERMANN: Ich habe sie ziemlich früh gewonnen.
BEERMANN: Und jetzt nach sechsundzwanzig Jahren erklärst du mir, daß du unglücklich bist!
FRAU BEERMANN: Nein, Fritz! Es langt bei uns nicht zum Un-

glück. Es ist kein Ideal zertrümmert worden. Unsere Ehe weiß keines, und – deine Persönlichkeit, nimm mir's nicht übel, war nie so strahlend, daß ihr ein paar Flecken was geschadet hätten.

BEERMANN *erregter:* Aber irgendeinen Grund mußt du haben, daß du mir heute solche Vorwürfe machst.

FRAU BEERMANN: Wir verstehen uns nicht, wenn du das Vorwürfe heißt.

BEERMANN: Was sonst?

FRAU BEERMANN: Es war als Bitte gemeint: Du sollst uns nicht blamieren!

BEERMANN: So spiel nicht erst Verstecken! Womit blamiere ich euch?

FRAU BEERMANN: Mit deinem sittlichen Priestertum, zu dem du kein Recht hast.

BEERMANN: Zu dem ich kein Recht habe?

FRAU BEERMANN: Nicht das mindeste. Du schaffst dir aber Gegner, die dich und uns mit dir lächerlich machen, wenn sie einiges erfahren. Und man kann es erfahren, auch ohne es zu wollen.

BEERMANN *lacht gezwungen:* Linchen, ich glaube, du bist eifersüchtig?

FRAU BEERMANN *ruhig:* Auf was? *Kleine Pause.* Ich hoffe, du traust mir den Geschmack zu, daß ich nicht auf ein sogenanntes Recht eifersüchtig bin? Und – sonst geht mir nichts verloren. Nein, Fritz, ich bin nicht eifersüchtig. *Kleine Pause. Es dämmert.* Ich mußte mich daran gewöhnen, ja. Denn diese Heimlichkeiten und kleinen Lügen und dazu die falsche Gravität verstimmen ein bißchen stark, und man hat Mühe, daß man sich das kameradschaftliche Gefühl erhält. Aber ich bin darüber weggekommen, weil – – ja, weil ich dich nie recht ernst genommen habe. *Pause.*

BEERMANN *mit falschem Pathos:* Lina! Was sagst du mir für Dinge! Ja, weißt du eigentlich, was du sagst?

FRAU BEERMANN: Ich denke wohl.

BEERMANN *wie oben:* Das ist ja furchtbar! Jedes Wort ist eine ... eine Katastrophe. Ich habe bis heute, ich habe bis zu dieser Stunde an unser behagliches, stilles Glück geglaubt, und jetzt soll alles vorbei sein!

FRAU BEERMANN: Wenigstens dein Vertrauen auf meine Blindheit.
BEERMANN: Du mußt mich hören. Das ist kein Familienleben, wenn man kein Vertrauen mehr hat.
FRAU BEERMANN: Oh, man kann sich auch daran gewöhnen.
BEERMANN: Nein, Lina! Siehst du, man hat dir Geschichten erzählt, und ich kann mich nicht verteidigen, weil ich keine Ahnung davon habe. Du mußt mir jetzt alles sagen. Das verlange ich von dir.
FRAU BEERMANN: Wenn ich das wollte, hätte ich vor Jahren reden müssen.
BEERMANN: Warum hast du's nicht getan!
FRAU BEERMANN: Du kannst dir denken, daß ich mir die Gründe wohl überlegt habe.
BEERMANN: Für so was gibt es keine Gründe.
FRAU BEERMANN: Ich konnte darüber wegsehen und schweigen. Das war mein Recht. Aber reden und mich beschwichtigen lassen, das hätte ich nicht fertig gebracht. Dann hätte ich lügen müssen, und mir liegt das nicht so. *Beermann macht eine Bewegung.* Nein – unterbrich mich nicht! Diese Dinge sollen keine Folgen haben, die ich nicht will. Und sie haben sie, wenn ich sie nenne.
BEERMANN: Dann muß ich also diesen Verdacht auf mir ruhen lassen?
FRAU BEERMANN: Ja.
BEERMANN: Mit einer Kälte redest du! Wenn das wahr wäre, was du glaubst, – das könnte dir doch nicht gleichgültig sein!
FRAU BEERMANN: Verlangen deine Vereinsstatuten, daß man in solchen Fällen unglücklich ist?
BEERMANN: Wenn ich denke, wie lange du neben mir hergehst mit diesen Vermutungen, und kein Wort hast du gesagt. Aber warum denn heute?
FRAU BEERMANN: Weil du daran bist, auch meine Freundschaft zu verlieren. Alles stört mich, was ich sehe und höre. Wie du mit einer Strenge prahlst, die dir selbst sehr unangenehm sein müßte. Seit Wochen ist um mich herum alles Lüge. Was du mir sagst, was du den Kindern sagst, was du am Abend vorher öffentlich gepredigt hast. Jedes Wort schmerzt in den

Ohren und reizt zum Widerspruch; ich schweige, und das ist auch gelogen.

BEERMANN: Aber Lina!

FRAU BEERMANN: Es ist unerträglich, wenn zuletzt jeder Blick, jede Bewegung gemacht ist! Und dazu kommt die Angst um die Kinder. Wie sollen die in ihrem Leben noch einmal unbefangen sein, wenn sie ein Zufall aufklärt? Denke dir, ich hätte ihnen zulieb geschwiegen, und jetzt forderst du alle Welt heraus, zu reden. Ich mag nicht so leben zwischen Sorge und Widerwillen. Was ich schon überwunden habe, taucht wieder auf und kommt mir heute häßlicher vor. Ich weiß nicht, ob ich heute noch an deine Gutmütigkeit glauben kann, und ob ich dir noch Freundin bin. *Sie steht auf und geht zur Türe.*

BEERMANN: Ich kenne dich gar nicht mehr. In unserer langen Ehe hast du nicht so viel ernste Worte geredet, wie jetzt in einer Viertelstunde.

FRAU BEERMANN: Das war vielleicht ein Fehler; aber ich habe ihn gebüßt. *Sie öffnet die Türe.*

BEERMANN: Linchen! Und jetzt sagst du mir nichts mehr?

FRAU BEERMANN: Bloß die Bitte: blamiere uns nicht! *Ab.*

Vierte Szene

Beermann steht noch eine kleine Weile in Gedanken vertieft. Dann dreht er das elektrische Licht auf, geht seufzend an das Bücherregal, holt sich aus dem Konversationslexikon das Tagebuch der Hauteville, öffnet es und liest im Stehen. Es klopft. Beermann steckt das Tagebuch hastig in die Brusttasche.

BEERMANN: Herein! *Justizrat Hauser kommt von links.*

Fünfte Szene

HAUSER: Guten Abend!

BEERMANN *eilt ihm entgegen:* Herrgott, weil Sie nur da sind!

HAUSER: Ist was passiert?

BEERMANN: N ... nein.
HAUSER: Sie haben mir sagen lassen, daß Sie mich heute noch unter allen Umständen sprechen müssen.
BEERMANN: Ich war zweimal bei Ihnen.
HAUSER: Und haben mich leider nicht getroffen. *Er hat seinen Überrock ausgezogen und legt ihn nun auf einen Stuhl.* Sagen Sie mal, Sie kommen mir sehr verstimmt vor?
BEERMANN: Ich bin's auch.
HAUSER: Na, deswegen haben Sie mich wohl rufen lassen. Also was ist los?
BEERMANN: Bitte, setzen Sie sich. *Sie nehmen links vorne Platz.* Ich muß etwas weiter ausholen ... wollen Sie keine Zigarre? *Nimmt vom Rauchtisch eine Kiste und bietet sie an. Hauser nimmt eine Zigarre.*
BEERMANN: Ich muß nämlich etwas weiter ausholen ... Erinnern Sie sich an unser Gespräch von gestern?
HAUSER: Über das wahrhaft sittliche Leben? *Zündet seine Zigarre an.* Natürlich weiß ich das noch.
BEERMANN: Ich habe den Eindruck gehabt, daß Sie ziemlich frei denken.
HAUSER: Frei?
BEERMANN: Daß Sie nicht philiströs sind.
HAUSER: Wissen Sie, ich bin ein alter Advokat und opponiere aus Gewohnheit. Vielleicht habe ich mich schlechter gemacht, wie ich bin. Also, wenn Sie wegen mir Gewissensbisse haben ...
BEERMANN: Ich sage es bloß, weil Sie das Leben kennen, und weil ich mit jemand reden muß, der nicht so spießbürgerlich denkt und freier urteilt ...
HAUSER: Als wie Sie gestern geurteilt haben.
BEERMANN: Ich war auch im Eifer. Aber reden wir nicht davon! Ich muß Sie um Rat fragen. *Kleine Pause.* Nicht wahr, Sie müssen auch das Amtsgeheimnis wahren?
HAUSER: Wir müssen es auch wahren.
BEERMANN: Was ich Ihnen sage, ist nämlich absolute Vertrauenssache. Vielleicht werden Sie es sonderbar finden -- übrigens: dürfen Sie das Amtsgeheimnis auch dann halten, wenn Sie etwas Strafbares erfahren?
HAUSER: Sie sind ein vorsichtiger Verbrecher.

BEERMANN: Es könnte Ihnen peinlich sein ...
HAUSER *verbeugt sich:* Ich weiß Ihre Schonung zu würdigen. Aber machen Sie sich keine Sorge um mich. Ich habe das Recht, zu schweigen.
BEERMANN: Also dann ... *fährt sich durch die Haare,* ich muß weiter ausholen. Ich habe nämlich in den letzten Tagen viel nachgedacht über Monogamie. Ich bin gewiß der letzte, der den hohen sittlichen Wert der Ehe anzweifelt, aber es läßt sich doch manches dagegen sagen. Es ist freilich ein sehr heikliges Thema ...
HAUSER: Dann überspringen Sie doch ein paar Kapitel und reden wir gleich von der Frau Hauteville!
BEERMANN: Woher wissen Sie ...?
HAUSER: Ich ahne. Vielleicht sind Sie nicht der erste, der in meinen Beichtstuhl kommt. Seit gestern sind viele Gewissen aufgerüttelt worden. Das Ihrige gehört also auch dazu?
BEERMANN: Sie fragen sich wohl, wie das möglich ist?
HAUSER: Nein. Solche indiskrete Fragen stelle ich nicht an mich.
BEERMANN: Sie haben wahrscheinlich geglaubt, daß bei uns ein ungestörtes Familienglück herrscht ...
HAUSER *rasch:* Beermann, das nehme ich Ihnen übel, wenn Sie sich interessant machen.
BEERMANN: Sie müssen das nicht falsch auffassen. Ich gebe niemand die Schuld. Ich will nur ...
HAUSER: Sie wollen nur eine moralische Berechtigung auch fürs Unmoralische.
BEERMANN: Ich weiß schon, daß es nicht berechtigt ist. Das habe ich mir hundert- und hundertmal gesagt. So leicht habe ich meine Grundsätze nicht überwunden.
HAUSER: Sie haben nur Ihre Ängstlichkeit überwinden müssen.
BEERMANN *schwer seufzend:* Ach, wenn Sie wüßten!
HAUSER: Nu, natürlich sind Sie nicht mit beiden Füßen ins Vergnügen gesprungen, sondern sind vorsichtig über den Zaun geklettert, – wie es Ihrem Embonpoint entspricht.
BEERMANN: Ich habe bei Ihnen was anderes gesucht als Spott.
HAUSER: Ich soll vielleicht erschüttert sein über Ihren Sündenfall? Wozu denn? Was hätten Sie davon? Aber so seid Ihr. Solang man keine Beweise hat, muß Eure Tugend immer bengalisch beleuchtet sein, und wenn Ihr aufkommt, sollen sogar Eure kleinen

Lasterchen in einem merkwürdigen Licht erscheinen. Nee, lieber Freund! Die sittliche Weltordnung kriegt keinen Riß, weil Sie auf die Nase gefallen sind.
BEERMANN: Sie können nicht wissen, was Sie mir in diesem Augenblick antun.
HAUSER: Machen Sie keine langen Umwege! Sie wollen doch nicht meine Absolution, sondern ich soll Ihnen helfen, daß die Sache vertuscht wird.
BEERMANN *springt vom Stuhl auf:* Ja, das sollen Sie! Herrgott, ich bitte Sie darum! Ich bin in der gräßlichsten Lage. Sie können sich keine Vorstellung machen, in welcher Lage ich bin.
HAUSER: Nu, setzen Sie sich wieder und übertreiben Sie nicht.
BEERMANN *setzt sich:* Kein Mensch hat so viel Phantasie, daß er das noch übertreiben kann. Was glauben Sie denn? Jeden Augenblick kann die Polizei kommen und mich verhaften.
HAUSER *ernst:* Hat es bei der Hauteville böse Sachen gegeben?
BEERMANN: Nicht, was Sie denken. Davon ist keine Rede.
HAUSER: Was reden Sie dann vom Verhaften? Das ist ja Unsinn! Wir wollen die Sache mal ruhig überlegen. Apropos: hat Ihre Frau eine Ahnung von der Geschichte?
BEERMANN: Von d e r Geschichte? Ich glaube nicht. Sie hat nur so allgemein ... aber das sind jetzt Kleinigkeiten. Sie wissen doch von dem Tagebuch, das man bei der dummen Person gefunden hat?
HAUSER: Natürlich weiß ich. Ohne das hätten wir nicht so viel Bußfertige in der Stadt.
BEERMANN: Stellen Sie sich meine Situation vor! Ich weiß, daß ich darin stehe; ich bin durch dieses verfluchte Buch einfach ausgeliefert!
HAUSER: Ist es denn so sicher, daß Ihr Name dabei ist?
BEERMANN *laut:* Ja!
HAUSER: Es wäre ja möglich, daß ...
BEERMANN: Es ist gar nichts möglich. Ich stehe darin. Und da soll ich ruhig warten, wie ich ruiniert werde! Denn ich bin ruiniert, wenn das bekannt wird. Denken Sie, ich als Kandidat für den Reichstag! Ich als Präsident des Sittlichkeitsvereins. Das geht durch alle Zeitungen!
HAUSER: M–ja; es würde auffallen.

BEERMANN *aufspringend:* Und dann die Folgen hier! In der Stadt! In der Familie! Ich bin ja einfach erschossen! Herrgott, was habe ich mich geplagt, daß ich es diesem Menschen in der Polizei begreiflich mache, was er für ein Unheil anrichtet!
HAUSER *erschrocken:* Sie waren in der Polizei?
BEERMANN: Natürlich war ich dort.
HAUSER: Und haben gebeichtet?
BEERMANN: Keine Idee! *Setzt sich wieder.* Ich habe für die anderen geredet. Ich habe dem Menschen vorgestellt, daß er die konservativen Elemente bloßstellt, daß er den Staatsgedanken schädigt – aber! *Schlägt mit der flachen Hand auf die Stirne.* Da! das hat ja nur Paragraphen im Kopf!
HAUSER: Das Schreien hilft uns nicht, Beermann. Wir müssen ruhig überlegen. Eines ist zunächst wichtig. Noch ist das Buch nicht beim Staatsanwalt.
BEERMANN: Nein, da ist es nicht.
HAUSER: Und so lange es in der Polizei ist, gibt es Möglichkeiten.
BEERMANN: In der Polizei ist es auch nicht.
HAUSER: Natürlich ist es dort. Wo soll es denn sein?
BEERMANN *auf seine Brust deutend:* Hier!
HAUSER *verständnislos:* Was?
BEERMANN *zieht das Tagebuch aus der Brusttasche und legt es auf den Rauchtisch:* Hier ist es!
HAUSER: Das ist das berühmte Tagebuch der Frau Hauteville? *Beermann nickt.* Ja, wer hat Ihnen das gegeben?
BEERMANN: Niemand. Ich hab' es mir genommen.
HAUSER: Ge ...
BEERMANN: ... stohlen.
HAUSER *rückt seinen Stuhl zurück und bricht in lautes Gelächter aus:* Das haben Sie getan? *Lacht.* Das ... das ist flott! Jetzt habe ich Respekt vor Ihnen. Das hätt' ich Ihnen, weiß der Teufel, nicht zugetraut. *Lacht und patscht sich auf die Knie.*
BEERMANN: Sie haben gut lachen, und ich schwitze vor Angst.
HAUSER: Zerstören Sie mir den Eindruck nicht! Ich bin beinahe daran, Sie zu bewundern. *Lacht wieder.* Ich muß Ihnen Abbitte leisten. Ich habe Sie für einen schwabbeligen Bourgeois gehalten, und jetzt machen Sie das!

BEERMANN: Geben Sie mir lieber einen Rat! Ich bin keine Minute ruhig, seit ich das Buch habe. Ich wollte es vernichten, aber wie? Wenn ich es zerreiße, kann man die Stücke finden.
HAUSER: Verbrennen.
BEERMANN: Wo? Wir haben nur in der Küche Feuer! Wenn ich es verstecke, muß ich immer wieder hinlaufen und schauen, ob es noch da ist. Nur wenn ich es bei mir trage, fühle ich mich ein wenig sicher. Aber ich habe das Gefühl, als wenn es mir aus der Tasche herauswächst. Und der Polizei muß es doch fehlen!
HAUSER: Reißen Sie das Blatt heraus, auf dem Ihr Name steht, und schicken Sie es anonym zurück!
BEERMANN: Das geht nicht; ich stehe zu oft darin.
HAUSER: T ... ja!
BEERMANN: Was soll ich tun, wenn mich die Polizei nach dem Buch frägt?
HAUSER: Da gibt es nur eins. Sie wissen nichts.
BEERMANN: Aber es liegt auf der Hand, daß ich es habe!
HAUSER: Jetzt müssen Sie fest bleiben. Kriechen Sie um Gottes willen nicht auf den Leim, daß man durch ein Geständnis seine Sache besser macht! *Man hört eine elektrische Klingel stark und anhaltend läuten.*
BEERMANN *fährt erschrocken auf:* Da! Haben Sie gehört?
HAUSER: Es wird ein Besuch sein.
BEERMANN: Um die Zeit kommt kein Besuch. *Nimmt hastig das Tagebuch.* Wo stecke ich das verdammte Ding hin? *Er zieht einen Band aus dem Bücherregal und will das Tagebuch hineinlegen, zögert wieder und stellt den Band zurück.* Herrgott, wo stecke ich's hin?
HAUSER: Geben Sie's mir! *Beermann gibt es ihm, und Hauser steckt das Buch in die Brusttasche.* Bei mir sucht's niemand.
BEERMANN: Ich bitte, bleiben Sie bei mir!
HAUSER: Wenn Ihnen ein Gefallen damit geschieht. Aber Mann Gottes, nehmen Sie sich zusammen! Wenn jetzt wirklich die Polizei käme, Sie zittern ja! *Es klopft.*
BEERMANN *keuchend:* Still! *Es klopft noch einmal.* Herein! *Betty kommt von links und gibt Herrn Beermann eine Visitenkarte.*
BETTY: Der Herr möchte Sie dringend sprechen. *Beermann*

nimmt mit zitternder Hand die Karte und liest vor. Professor Wasner. *Er atmet hörbar auf, dann sagt er mit kräftiger Stimme:* Ich lasse bitten. *Betty ab.*

BEERMANN: So lebe ich seit sechs Stunden.

HAUSER *gibt Beermann die Hand:* Seien Sie stark, teurer Freund! Und wenn man wirklich an Sie kommt, dann lügen Sie darauf los! Talent haben Sie ja! Guten Abend! *Ab nach links. Unter der Türe stößt er auf Wasner, den er grüßt.*

Sechste Szene

Wasner trägt eine Pelerine; das rechte Ende malerisch um die linke Schulter geworfen. In der Hand hält er einen großen Schlapphut. Das Haar hängt ihm in die Stirne; der blonde Bart wallt auf die Brust.

WASNER: Ich komme in der merkwürdigsten Sache, in der jemals ein Mann zum andern gekommen ist.

BEERMANN *sehr nervös:* Muß es heute sein, Herr Professor?

WASNER: Die Umstände zwingen mich, diese Frage zu bejahen.

BEERMANN: Aber es ist schon so spät!

WASNER: Ich gebe zu, daß die Stunde als ungeeignet erscheinen kann. Dessenungeachtet muß ich Sie bitten, mich anzuhören. *Beermann setzt sich an den Schreibtisch und drückt ein Taschentuch an die Stirne. Wasner spricht stehend weiter.*

WASNER: Sie wissen, daß ich mir seit Jahren die Aufgabe gestellt habe, alle Erzeugnisse zu sammeln, durch welche das sittliche Empfinden unseres Volkes untergraben wird. Ich kann wohl sagen, daß meine Sammlung lückenlos ist, und daß es mir gelang, die Gefährlichkeit der obszönen Produktion unwiderleglich zu beweisen. Welchen verderblichen Einfluß diese Anreizung der Phantasie haben muß, das erleidet heute keinen Zweifel mehr, denn – – *eindrucksvolle Pause. Wasner senkt den Ton noch tiefer* – – ich selbst bin ihr zum Opfer gefallen. *Beermann bleibt apathisch sitzen. Pause.* Ich verstehe, daß Sie keine Worte finden; ich bin beinahe selbst an mir irre geworden. Ich habe mich gefragt, ob ich noch das Recht habe, an der moralischen Gesundung un-

seres Volkes zu arbeiten, und ich habe diese Frage erst nach langer Prüfung bejaht. *Pause.*
BEERMANN *geistesabwesend:* Ja – ja! Herr Professor.
WASNER: Sie haben ein Recht darauf, alles zu erfahren, aber erlassen Sie mir die Einzelheiten! Kurz und gut, eines Tages stand ich meiner Sammlung nicht so objektiv gegenüber wie sonst, und ich ließ mich durch einen Freund zu einem verdammenswerten Besuche verleiten. Ich brauche Ihnen nicht erst zu sagen, daß ich diesen Menschen jetzt verabscheue.
BEERMANN: Warum erzählen Sie mir das eigentlich?
WASNER: Weil wir Schulter an Schulter gegen die Unmoral gekämpft haben. Ich muß Sie fragen, ob Sie mich noch für würdig halten, für unsere gemeinsamen Ideale zu streiten.
BEERMANN: Meinetwegen, so viel Sie wollen. Ich lege Ihnen nichts in den Weg.
WASNER: Dann werden Sie mir Ihren Beistand nicht versagen.
BEERMANN: Wir wollen darüber morgen sprechen, Herr Professor.
WASNER: Morgen ist es zu spät. *Beermann lehnt sich apathisch zurück.* Nach meinem Fehltritt war es mir klar, daß ich andere vor dieser Gefahr behüten mußte. Mein Pflichtgefühl war neu gestärkt, und ich schrieb einen – allerdings anonymen – Brief an die Polizei, worin ich sie energisch aufforderte, dem Unwesen jener Person ein Ende zu machen.
BEERMANN *wieder aufmerksam:* Hören Sie, das finde ich aber nicht hübsch.
WASNER: Ich mußte mir Gewißheit verschaffen, daß ich innerlich noch zum Sittlichkeitsverein gehörte.
BEERMANN: Ich finde es nicht hübsch. Man soll immer dankbar sein.
WASNER: Dieses Gefühl hätte mich erst schuldig gemacht. *Beermann zieht die Achseln hoch.* Aber nun kommt das, weswegen ich hier bin. Meine Anzeige hat Erfolg gehabt. Das Geschöpf wurde verhaftet, und heute nach dem Essen kam jener falsche Freund zu mir und klagte sich an, er sei unvorsichtig gewesen, er habe der Person damals meinen Namen genannt, und ich stünde jedenfalls in dem Verzeichnis, das bei ihr gefunden wurde.
BEERMANN *springt auf:* Wie heißt sie?

WASNER: Hauteville.
BEERMANN: Also Ihnen verdankt man die Geschichte. *Zornig.* Herr, wissen Sie auch, was Sie angerichtet haben? Wie viele Familienväter Sie an den Rand der Verzweiflung getrieben haben?
WASNER: Ich weiß es.
BEERMANN: Sie wissen es nicht!
WASNER: Ich bin ja deswegen hier.
BEERMANN *verständnislos:* Was?
WASNER: Ich soll Sie ersuchen, daß Sie noch heute nacht eine Ausschußsitzung einberufen. Der Verein muß alles tun, daß dieser Prozeß abgewendet wird.
BEERMANN: Hätten Sie keinen anonymen Brief geschrieben!
WASNER: Ich bitte, hören Sie mich an. Es ist jemand kompromittiert, der Ihnen nahe steht. Ich ging auf jene Nachricht sofort in die Polizei und wollte mich als Vertreter des Sittlichkeitsvereins einführen. Aber sowie ich das sagte, wurde ich förmlich hinausgeworfen. Auf der Treppe begegnete mir unser Kommerzienrat Bolland, dem es beim Polizeipräsidenten ebenso ergangen war. Ich klagte ihm mein Leid, und da gestand er mir, daß auch er jener Circe zum Opfer gefallen ist.
BEERMANN: Unser Kommerzienrat Bolland?
WASNER: Leider. Ich verstehe es allerdings nicht, denn er ist wohl kaum durch das Sammeln von Beweisstücken in Versuchung geraten.
BEERMANN: Und was wollen Sie jetzt von mir?
WASNER: Unser Freund schickt mich zu Ihnen. Er wäre selbst gekommen, aber die Erschütterung warf ihn aufs Krankenlager. Er bittet Sie flehentlich, Sie sollen den Ausschuß sofort zusammenrufen. Wir haben einflußreiche Persönlichkeiten im Verein, die es beim Ministerium durchsetzen müssen, daß die Sache niedergeschlagen wird.
BEERMANN: Hätten Sie keinen anonymen Brief geschrieben!
WASNER: Ich war dazu moralisch verpflichtet.
BEERMANN: Und jetzt sind wir moralisch verpflichtet, die Geschichte zu vertuschen. *Betty kommt von links.*

Siebente Szene

BETTY *gibt eine Karte ab:* Der Herr sagt, es ist sehr eilig.
BEERMANN *liest:* »Assessor Ströbel!« *Erschrocken zu Betty:* Sagen Sie, ich sei verreist – *Betty will abgehen.* Nein! sagen Sie, ich sei krank ... oder Betty ... sagen Sie, ich erwarte ihn. *Betty ab.*

Achte Szene

WASNER: Um wieviel Uhr soll die Ausschußsitzung sein?
BEERMANN *aufgeregt:* Lassen Sie mich in Frieden mit Ihrem Ausschuß!
WASNER: Sie dürfen uns in der Gefahr nicht verlassen. Führer und Gefolgschaft gehören nach germanischer Sitte zusammen.
BEERMANN *wie oben:* Sie allein sind an allem schuld.
WASNER: So muß ich unserm kranken Bolland sagen, daß wir nicht auf Sie rechnen dürfen?
BEERMANN: Wenn ich in einer Stunde noch dazu imstande bin, dann besuche ich ihn. Mehr kann ich nicht versprechen. *Assessor Ströbel kommt von links und bleibt an der Türe stehen.*

Neunte Szene

STRÖBEL *sehr ernst:* Herr Beermann, ich muß Sie unter vier Augen sprechen.
BEERMANN *verwirrt:* Sie – mich? Ja, dann bleibt wohl nichts anderes übrig.
WASNER: Ich gehe. *Geht links ab. Ströbel ist eingetreten. Unter der Türe bleibt Wasner stehen.*
WASNER: In einer Stunde versammelt sich der Ausschuß bei dem kranken Freunde. Wir erwarten den Präsidenten. *Ab.*

Zehnte Szene

Ströbel und Beermann stehen sich schweigend gegenüber. Beide räuspern sich. Kleine Pause.

STRÖBEL: Sie sind wahrscheinlich überrascht, daß ich zu dieser ungewöhnlichen Zeit komme?
BEERMANN: Warum soll ich überrascht sein?
STRÖBEL: Es ist etwas so Dringliches, was mich zu Ihnen führt, daß Sie mich entschuldigen müssen.
BEERMANN: Oh, bitte! *Kleine Pause. Beide räuspern sich.*
STRÖBEL: Sie waren heute vormittag in meinem Bureau ...
BEERMANN: Ich?
STRÖBEL: Nun ja, Sie waren doch heute bei mir ...
BEERMANN: Richtig, ja! Wir hatten eine kurze Unterredung. Ich muß nämlich um Entschuldigung bitten, Herr Assessor, ich leide an Ohrensausen, und das macht mich so vergeßlich ...
STRÖBEL: Aber Sie wissen hoffentlich, was wir gesprochen haben?
BEERMANN: Ganz dunkel. Wenn Sie mir darauf helfen, wird es schon gehen.
STRÖBEL: Sie kamen wegen der Hauteville.
BEERMANN: Soo?
STRÖBEL: Oder Hochstetter ...
BEERMANN: Ja, wenn Sie's sagen, wird es wohl so sein.
STRÖBEL: Ich glaubte zuerst, Sie kämen, um Ihre Freude auszudrücken, weil wir die Person gefaßt hatten ...
BEERMANN: Nee, das tu ich nicht.
STRÖBEL: Natürlich haben Sie es nicht getan. Ich war ja erstaunt, daß Sie förmlich gegen die Verhaftung waren.
BEERMANN: Warum soll ich gegen die Verhaftung sein?
STRÖBEL *ungeduldig:* Aber Herr Beermann. Sie müssen sich doch erinnern, wie wir von dem Tagebuch gesprochen haben!
BEERMANN *rasch:* Von einem Tagebuch weiß ich nichts!
STRÖBEL: Sie regten sich sogar heftig auf!
BEERMANN: Von einem Tagebuch weiß ich gar nichts. Sie haben mir nie ein Buch gezeigt. Das weiß ich bestimmt.

STRÖBEL *verzweifelt:* Das hat mir noch gefehlt, daß ich Sie in dieser Verfassung antreffe! Sie sind offenbar leidend!
BEERMANN: Furchtbares Ohrensausen – –
STRÖBEL: Ich würde mich sofort entfernen, wenn der geringste Aufschub möglich wäre. Aber ich muß das Allerwichtigste noch heute abend mit Ihnen besprechen. Können Sie sich denn nicht durch eine Medizin helfen?
BEERMANN: Da hilft keine Medizin! Ich kann Ihnen bloß sagen, ich weiß nichts von einem Buch.
STRÖBEL: Gott! Lassen wir doch das Buch! Das ist ja so nebensächlich!
BEERMANN: Es ist nebensächlich?
STRÖBEL: Das liegt gut in meinem Schreibtisch ...
BEERMANN: So? Aber ich verstehe nicht, warum sind Sie heute abend noch gekommen?
STRÖBEL *ganz verzweifelt:* Ich wollte Ihnen das ja ganz genau erklären. Aber wie soll ich es machen? Sie erinnern sich kaum mehr daran, daß Sie bei mir waren. Es ist unerhört, wie mich seit heute mittag das Unglück verfolgt!
BEERMANN *sehr erleichtert:* Nu, beruhigen Sie sich nur, Herr Assessor, wir werden das Ding schon kriegen.
STRÖBEL *gebrochen:* Nein! Wir kriegen es nicht.
BEERMANN *begütigend:* Setzen Sie sich mal in den Stuhl – – soo! Und ich setze mich hierher – – soo! Und nun wollen wir mal sehen. *Sie setzen sich links vorne.* Ich fühle mich nämlich schon etwas leichter. Also das Buch, das ist in Ihrem Schreibtisch?
STRÖBEL: Meinetwegen liegt es tausend Klafter tief im Boden. Reden wir doch um Gottes willen nicht mehr von dem Buch! Das führt uns ganz vom Weg ab.
BEERMANN: Sie haben recht. Wir reden nicht mehr davon. Nun lassen Sie mal sehen; ich war bei Ihnen wegen der Hauteville ...
STRÖBEL: Und bei dieser Gelegenheit haben Sie mich förmlich beschworen, wir sollen die Sache unterdrücken.
BEERMANN: Das habe ich. Jawohl.
STRÖBEL: Sehen Sie! Und darum glaubte ich, Sie hätten das größte Interesse daran, daß der Skandal vermieden wird.
BEERMANN: Wieso?

STRÖBEL: Nicht ein persönliches Interesse. Sondern ein allgemein menschliches oder bürgerliches. Sie haben mir sogar gesagt, gerade in Ihrer Stellung als Präsident des Sittlichkeitsvereins betrachten Sie es als Ihre Pflicht, den Prozeß zu verhüten.
BEERMANN: Wegen des staatserhaltenden Prinzips.
STRÖBEL: Wegen der Rücksicht auf das gutgesinnte Publikum. Und ich dachte, daß Ihnen diese Rücksicht wirklich sehr viel galt.
BEERMANN: Herr Assessor, gilt! Glauben Sie, ich ändere meine Überzeugung? Ich wiederhole Ihnen, daß ich den Prozeß für ein Unglück halte, weil er gegen die Staatsräson geht.
STRÖBEL: Aber dann sind wir ja im Prinzip einig!
BEERMANN: Sie auch?
STRÖBEL: Absolut.
BEERMANN: Ich dachte, weil Sie heute vormittag ...
STRÖBEL: Und ich dachte, weil Sie sich jetzt nicht mehr erinnerten. Aber jedenfalls im Prinzip sind wir einig. *Sie schütteln sich die Hände.*
STRÖBEL: Es ist mir das eine große Erleichterung, wenn schon damit noch nichts gewonnen ist. Aber wir werden uns besser verstehen. Ich komme jetzt zum eigentlichen Zweck meines Besuches. *Räuspert sich.* Herr Beermann, ich muß um Ihr Ehrenwort bitten, daß keine Silbe von dem, was ich sagen werde, jemals über Ihre Lippen kommt.
BEERMANN: Mein Ehrenwort!
STRÖBEL: Es sind Amtsgeheimnisse. Vielleicht sogar Staatsgeheimnisse, und ein unvorsichtiges Wort könnte unabsehbare Folgen haben.
BEERMANN: Verlassen Sie sich auf mich!
STRÖBEL: Auch in der Familie.
BEERMANN: Keinen Ton!
STRÖBEL: Es haben sich nämlich heute, nachdem Sie bei mir waren, die merkwürdigsten Dinge herausgestellt. In ihrer Art vielleicht einzig. Aber nicht wahr, ich habe Ihr Ehrenwort?
BEERMANN: Mein heiliges Ehrenwort.
STRÖBEL *beugt sich vor, hält eine Hand vor den Mund und flüstert:* An dem Abend, als man bei der Hauteville Haussuchung

hielt, befand sich in ihrer Wohnung ohne unser Wissen eine sehr hohe Persönlichkeit.

BEERMANN: Ich kann mir's denken.

STRÖBEL *laut:* Sie können sich's nicht denken. *Flüsternd.* Unser junger Erbprinz Emil.

BEERMANN *patscht sich erstaunt aufs Knie, pfeift:* Nu, sieh mal einer!

STRÖBEL *wieder laut:* Sie werden verstehen, daß ich Ihnen das nicht als bloße Neuigkeit mitteile, sondern daß mich zwingende Gründe dazu veranlassen. Was Sie vorhin sagten von Staatsräson, das ist damit kulminiert. Bis aufs äußerste kulminiert. Alle Möglichkeiten, jetzt noch einen Prozeß gegen die Person zu führen, haben sich damit einfach in der Luft verflüchtigt.

BEERMANN *springt auf:* Aber dann ist ja alles gut!

STRÖBEL: Nichts ist gut. Bleiben Sie sitzen, Herr Beermann! Freilich, der Tatbestand ist verschwunden, – aber das Subjekt der Gesetzesverletzung ist noch da und liegt wie ein Felsblock im Weg, daß wir nicht darum herumkommen.

BEERMANN: Die Hauteville? *Ströbel nickt.* Na, zeigen Sie ihr ein Loch, und sie ist weg!

STRÖBEL *schüttelt den Kopf:* Erstens – zweitens. Glauben Sie, ich habe nicht meinen Kopf zermartert, um eine Möglichkeit zu finden? Erstens: Wenn wir sie einfach laufen lassen, weiß es morgen die ganze Stadt. Die Presse greift es auf, und der Skandal wird ärger als bei einem Prozesse. Nein, der Buchstabe des Gesetzes wenigstens muß gewahrt werden. Die Hauteville muß Kaution stellen, wird auf freien Fuß gesetzt, und dann muß sie fliehen. Nur so sind wir gegen üble Nachrede geschützt. Verstehen Sie mich?

BEERMANN: Sie meinen die Kaution?

STRÖBEL: Ich meine erstens die Kaution. Aber wenn es nur das wäre! Denken Sie, die Person will überhaupt nicht fort.

BEERMANN: Sie will nicht?

STRÖBEL: Nein. Will nicht. Ich ließ sie heute nachmittag wieder vorführen und sagte ihr, daß wir uns nicht weiter mit ihr abgeben wollen. Hören Sie, sagte ich, Sie haben Glück. Stellen Sie fünftausend Mark Kaution, in einer Viertelstunde sind Sie frei, und morgen früh sieben Uhr geht ein Zug nach Brüssel. *Man hört die*

Hausglocke. Was glauben Sie, daß die Person tut? Sie lacht. Sie weiß recht gut, warum wir so human sind, sagt sie. Und noch nicht fünf Mark Kaution stelle sie, auch wenn sie's zufällig hätte. Sie habe sich schon an den Gedanken gewöhnt, verhandelt zu werden, sagt sie. Ich rede ihr zu. Fein und grob. Nichts! Sie lacht bloß. *Es klopft. Betty kommt von links mit einer Visitenkarte.*
BEERMANN *zu Betty:* Was ist denn das heute? Hier ist doch kein Hotel. *Nimmt die Karte und liest:* Freiherr Bodo von Schmettau, Herr auf Zirnberg?
STRÖBEL: Ich bitte, empfangen Sie den Herrn!
BEERMANN: Jetzt, wo wir beraten?
STRÖBEL: Ich bitte darum.
BEERMANN *zu Betty:* Ich lasse den Herrn Baron ersuchen. *Betty ab.*
STRÖBEL: Er ist der Adjutant des Erbprinzen. Ich habe ihm gesagt, daß ich zu Ihnen gehe, und Sie können sich denken, in welcher Unruhe er schwebt.
BEERMANN: Wenn Ihnen damit ein Gefallen geschieht ...
STRÖBEL: Ein sehr großer. Die ganze Verantwortung hängt an mir, und ich muß wenigstens zeigen, daß ich kein Mittel unversucht lasse. *Es klopft.*
BEERMANN: Herein! *Von Schmettau tritt ein.*

Elfte Szene

SCHMETTAU: Guten Abend!
STRÖBEL *der sich, ebenso wie Beermann, erhoben hat:* Darf ich die Herren miteinander bekannt machen? Herr Rentier Beermann – Herr Baron Schmettau.
SCHMETTAU: Wir haben uns heute schon flüchtig gesehen.
BEERMANN: Ich erinnere mich.
SCHMETTAU: Sie sind der Vorstand des hiesigen Moralklubs? Ich muß allerdings gestehen, daß ich nicht einverstanden bin mit diesen Ansichten ...
STRÖBEL *ängstlich einfallend:* Herr Baron, darf ich Sie darauf aufmerksam machen, daß Herr Beermann persönlich sehr hoch über diesen Theorien steht?

SCHMETTAU: Das freut mich. Übrigens, als Theorie ist das alles nicht so übel. Nur sehe ich es nicht gerne, wenn man keine Unterschiede macht.

BEERMANN: Es ist genau das, was ich sage.

SCHMETTAU: Na, sehen Sie!

STRÖBEL: Herr Beermann ist auch Kandidat des hiesigen konservativ-liberalen Bundes.

SCHMETTAU: Also gewiß kein Prinzipienreiter. Es soll mir lieb sein, wenn wir uns verstehen. Wie weit sind die Herren?

STRÖBEL: Im Prinzip sind wir einig.

BEERMANN: Absolut.

SCHMETTAU: Dann werden wir auch die richtige Anwendung finden.

STRÖBEL: Ich habe Herrn Beermann ins Vertrauen gezogen.

SCHMETTAU: Das war eine böse Sache. Bös! Wer einigermaßen loyal fühlt, kann sich das vorstellen.

BEERMANN: Herr Baron waren ...?

SCHMETTAU: Im Schrank.

STRÖBEL: Darf ich auf die Sache zurückkommen? Ich erzählte gerade, daß sich die Hauteville geweigert hat. Sie sagt, sie hat die Kaution nicht, und wenn sie's hätte, würde sie nichts hergeben.

SCHMETTAU: Gott! Sie beherrscht eben die Situation!

STRÖBEL: Nun kommt aber das Schwierigste. Sie sagt, wenn sie die Stadt verlassen müsse, und ihre ganze Existenz verliere, dann wolle sie eine angemessene Entschädigung. Ich habe ihr natürlich vorgestellt, daß das, gelinde gesagt, ein unerhörtes Verlangen sei. Dann nicht, sagt sie. Dann wird verhandelt.

BEERMANN: Sie weiß, daß das unmöglich ist.

SCHMETTAU: Ich bin Ihnen dankbar für dieses Wort.

STRÖBEL: Ich fragte sie, was sie unter angemessen verstehe. Sie antwortet mir: Zehntausend Mark. Ich fiel auf den Rücken. Das macht mit der Kaution fünfzehntausend Mark!

SCHMETTAU: Am Ende ist das nicht so furchtbar.

STRÖBEL: Aber wer soll sie geben?

SCHMETTAU: Ja, w i r nich. Mit d e r Zivilliste! – Und außerdem soll ja von jetzt ab der Geist der Sparsamkeit bei uns einziehen.

STRÖBEL: Ich bin in einem Dilemma, das ich nicht lösen kann.

Ich nicht. Ich weiß nur eines, Herr Beermann: Sie selbst haben gesagt, daß der Sittlichkeitsverein das größte Interesse daran hat, daß der Glaube an die Moral erhalten bleibt. Ihren Mitgliedern wäre es doch ein leichtes, durch eine Kollekte diese Summe aufzubringen! Ein zweites weiß ich nicht.

BEERMANN *steht sinnend mit untergeschlagenen Armen für sich:* Der Ausschuß harrt seines Präsidenten. Und ich kenne einen Professor, der seinen Brief mit tausend Mark bezahlen soll. *Zu den anderen.* Ohne viele Worte, meine Herren, ich tu's. Ich übernehme die Summe für den Verein.

SCHMETTAU: Herr von Beermann, ich kann nur sagen: Sie haben honett gehandelt. Es gibt einen Hausorden Emils des Gütigen! *Reicht ihm die Hand.*

BEERMANN: Herr Baron, glauben Sie mir, ich habe es nicht deswegen getan.

Vorhang

NACHWORT

von Bernhard Gajek

Der Anlaß

An die Sittlichkeitsprediger in Köln am Rheine

Warum schimpfen Sie, Herr Lizentiate,
Ueber die Unmoral in der Kemenate?
Warum erheben Sie ein solches Geheule,
Sie gnadentriefende Schöpfenkeule?

Ezechiel und Jeremiae Jünger,
Was beschmeußen Sie uns mit dem Bibeldünger?
Was gereucht Ihnen zu solchem Schmerze,
Sie evangelische Unschlittkerze?

Was wissen Sie eigentlich von der Liebe
Mit Ihrem Pastoren-Kaninchentriebe,
Sie multiplizierter Kindererzeuger,
Sie gottesseliger Bettbesteuger?

Als wie die Menschen noch glücklich waren,
Herr Lizentiate, vor vielen Jahren,
Da wohnte Frau Venus im Griechenlande
In schönen Tempeln am Meeresstrande.

Man hielt sie als Göttin in hohen Ehren
Und lauschte willig den holden Lehren.
Sie reden von einem schmutzigen Laster,
Sie jammerseliges Sündenpflaster!

Sie haben den Schmutz wohl häufig gefunden
In Ihren sündlichen Fleischesstunden
Bei Ihrem christlichen Eheweibchen?
In Frau Pastorens Flanellenleibchen?

Peter Schlemihl

So fing es an: mit der Karikatur eines Pastors und einem Gedicht; sie erschienen im »Simplicissimus« vom 25. Oktober 1904. Der Zeichner – der zwei Jahre zuvor von Oslo nach München gekommene Olaf Gulbransson – hatte sich genannt; daß er dann nicht behelligt, einfach vergessen wurde, hatte damit nichts zu tun. »Peter Schlemihl« war rasch enttarnt; es war Ludwig Thoma, der seit dem März 1900 regelmäßig und nahezu im zweiten Brotberuf für den »Simplicissimus« schrieb und sich sofort zu dem Gedicht bekannte. Der »Simpl« war – im 9. Jahrgang – längst eine Institution anti-institutioneller Kritik geworden, und entsprechend bauten sich diesmal die Fronten auf: hier die gezeichnete und gedichtete Satire auf die evangelisch-kirchlichen Moralkampagnen, dort die Amtskirche, für die der preußische Evangelische Oberkirchenrat in Berlin auftrat.

Was hatte den Münchner »Simpl« herausgefordert? Es waren die »XVI. Allgemeine Konferenz der deutschen Sittlichkeitsvereine« vom 2. bis 4. Oktober 1904 und der »Internationale Kongreß gegen die unsittliche Literatur« – beide in Köln und unmittelbar aufeinander folgend. Die Themen, die behandelt wurden, gehörten zu den Pflichtübungen dieser Vereinigungen, von denen es mehr als genug gab: »Fleisch und Geist«, »Öffentliche Sittlichkeit«, »Alkoholismus und Unsittlichkeit« und »Homosexualität«.[1]

Ein publizistisches Geplänkel war vorausgegangen: Der »Kunstwart«-Herausgeber Ferdinand Avenarius hatte im ersten Dezemberheft 1904 in seiner Zeitschrift dem Münchener Kollegen vorgehalten, er habe die Kritik an den zweifellos zur Satire reizenden Maximen der Sittlichkeitsprediger »bloß ungeschlacht« und »unintelligent«, als pures »Schimpfen«, ohne sachlichen Kern vorgebracht. Dagegen verwahrte Thoma sich – im ersten Januarheft 1905 eben dieser Zeitschrift: gegen einen »unehrlichen Gegner« gebe es »keine Höflichkeit«, und überhaupt gehe es nicht um »Tugend«, sondern um die »ständig wiederholten Versuche einiger Klassen, ihre Begriffe von Sittlichkeit in das Strafgesetzbuch hineinzubringen«, um »Unterdrückung der Preßfreiheit«.[2]

Damit hatte der Jurist Thoma recht: Aus der »Lex Heinze«, jener (vom 25. Juni 1900 datierenden) Ausweitung der Strafvorschriften über Sittlichkeitsverbrechen, waren kürzlich erst und erst nach einer bemerkenswerten Kampagne der Liberalen die Kunst- und Theaterparagraphen gestrichen worden; sie wären auf eine leicht einzusetzende Zensur des mißliebigen Naturalismus und seiner »wahren« Lebensdarstellung hinausgelaufen. Aber auf den nur mäßig erweiterten (und im Prinzip bis heute geltenden) Paragraphen 184a des Reichsstrafgesetzbuches brauchte der Staatsanwalt sich gar nicht zu stützen. Thoma selbst hatte ihm die Arbeit leichtgemacht: Er – Thoma – sah die Sache grundsätzlich und nicht auf Personen bezogen an.[3]

Verhandelt wurde vor dem Königlichen Landgericht zu Stuttgart, denn dort wurde der »Simplicissimus« gedruckt. Die am 6. März 1905 abgefaßte Anklageschrift unterstellte, das Gedicht habe »die Pastoren Bohn als Referenten und Weber als Vorsitzenden« nicht nur als einzelne oder Privatleute, sondern »vorsätzlich und rechtswidrig in Beziehung auf ihren Beruf beleidigt« und »die Bibel und damit eine Einrichtung der evangelischen christlichen Kirche öffentlich beschimpft«.[4] Die Anklage berief sich auf die Paragraphen 185 und 196 des Reichsstrafgesetzbuches; Paragraph 20 des Reichspreßgesetzes ermöglichte die Mitanklage gegen den verantwortlichen Redakteur Julius Linnekogel.[5]

Die »Beschimpfung der Bibel« ließ das Gericht »mangelnden Beweises halber« fallen. Aber in der Hauptsache wurde am 19. Juni 1905 öffentlich verhandelt. Thoma und Linnekogel ließen sich von Conrad Haußmann verteidigen, und die Stuttgarter wie die Münchener und anderen Blätter hatten Anlaß zu berichten: Für die Angeklagten führte Haußmann den angesehenen und wortgewaltigen Münchener Justizrat Max Bernstein als Gutachter mit; Ludwig Ganghofer sprach im gleichen Sinne für die Freiheit der Kunst und die Lizenz der Satire, die im Grunde für eine bessere Moral kämpfe. Haußmann, der an die »Lex Heinze« erinnerte, resümierte: »ein satirisches Gedicht könne nicht mit dem gleichen Maßstabe wie bei anderen journalistischen Auslassungen beurteilt werden«. Ebenda setzte der Staatsanwalt an: der »Simplicissimus« dürfe keine Narrenfreiheit beanspruchen, sondern wolle selbst »ernstgenommen sein«; auch die Satire müsse »maßzuhalten verstehen«.[6]

Dem schloß sich das Gericht an, erkannte aber auf Strafen unter den beantragten acht und vier Wochen: Thoma wurde – am 26. Juni 1905 – zu sechs Wochen Haft und Linnekogel zu einer Geldstrafe von 200 Mark verurteilt. Das Reichsgericht in Leipzig verwarf unter dem 8./22. Februar 1906 den Einspruch; das Stuttgarter Urteil war rechtskräftig.[7]

Dem Spürsinn Otto Gritschneders verdanken wir den Wortlaut der Anklage und Verteidigung, vor allem der Entscheidung samt

Begründung. Die Rechtsgeschichte ist damit um einen ergiebigen Fall reicher, und er macht der damaligen wie heutigen Rechtspflege keine Schande. Daß die beiden Pastoren sich gekränkt fühlen durften, bezweifelt niemand, der sich in ihre Lage versetzt; Thoma und der bißfreudige »Simpl« hatten scharf zugepackt. Beide Urteile sind wohlbegründet; sie hätten kaum anders argumentieren können. Die Rechtslage ist, wie gesagt, heute kaum verändert: Die Freiheit der Kunst wird auch jetzt durch den Ehrenschutz eingeschränkt, auch dann, wenn Kritik oder Satire sachlich zutreffen. Die Auslegung von »beleidigend« oder »noch hinzunehmen« ist ohne Meinungsstreit nicht möglich. Damit kann der Konflikt unumgänglich werden, und der Unterlegene darf sich unter Umständen mit Fug als Moralist, als Märtyrer oder sogar als der ideelle Gewinner fühlen.

Das war hier der Fall. Linnekogel zahlte. Der verurteilte Autor aber wollte seine Strafe absitzen – ums Haar im württembergischen Landesgefängnis zu Rottenburg.[8] Diesmal kam die bayerische »Amtshilfe« dem Delinquenten zugute: Das »Strafvollstreckungsgefängnis Stadelheim« (damals noch *bei* München, im Volksmund »St. Adelheim« genannt) – nahm ihn am 16. Oktober 1906 schon auf.[9] Bjørnstjerne Bjørnson, Albert Langens Schwiegervater, reichte beim Stuttgarter Hof ein Gnadengesuch für Thoma ein;[10] der lehnte dies wie alle Winke, die das gleiche Ziel gehabt hätten, brüsk ab: die Haft erst mache das Unrecht öffentlich. Die Rechtsprechung selbst sollte – durch das vermeinte Unrechtsurteil – bloßgestellt werden. So trat Thoma am Dienstag, dem 16. Oktober 1906, die Strafe an.

Die Entstehung des Stückes

Was der Moralist hatte hinnehmen müssen, übersetzte der Jurist Thoma in Urteilsschelte und vorgetäuschte »Wurstigkeit«. Der Homme de lettres nützte die Einsamkeit zu zügiger und umfänglicher Lektüre; dies und andere Erleichterungen – vor allem die tägliche Handvoll Zigarren – gestanden die Münchener Beamten ihrem längst berühmten Landsmann bald zu. Der

Dichter Thoma aber begann, das Erlebte und die Gefängnislektüre zu einem Stück zu verbinden, das die grundsätzlichen Fragen deutlicher machte, als es eine Revision oder Begnadigung hätte erreichen können. Die Stadelheimer Haft ist die Geburtszeit der »Moral«.
Empfangen war die Idee aber schon. »Den 15. Okt. wandere ich ins Loch auf 6 Wochen. Dort will ich was fürs Theater anfangen«; so an den Freund Ignaz Taschner am 17. September 1906.[11] Und auf dem ersten Entwurf hält Thoma fest: »Begonnen in Stadelheim den 19. Oktober 1906«. Im Tagebuch verzeichnet er sorgsam, wie er vorankommt: »Ich darf hoffen, daß ich meinem Plane, ein Lustspiel zu schreiben, näher gerückt bin. Ich weiß nun, was und wie. Ehe ich zu schreiben anfing, gingen mir alle möglichen unklaren Ideen durch den Kopf. Sowie ich die Feder nahm, sah ich die Schwächen und Fehler und begann alsbald festeren Boden zu fassen.«[12] Tags darauf klagt Thoma darüber, »wie unnatürlich die hochdeutsche Sprache im Dialog« sei. »Es klingt immer wie gedruckt, nicht wie gesprochen. Sowie Affekte zu schildern sind, ist die Schwierigkeit gehoben.«[13]
Am folgenden Sonntag ändert Thoma den Anfang, »um den Alten gleich zu charakterisieren. Mir begegnet diesmal das Merkwürdige, daß der erste Akt größere Schwierigkeiten macht als der zweite und dritte. Allerdings auch, weil ich im ersten nicht bloß entwickle, sondern zum ersten- und letztenmal im Stücke die vernünftigen Ansichten gegen die Heuchelei ins Feld führe.«[14] Und kurz vor dem Ende der Haft, unter dem 24. November, notiert der Autor: »Heute habe ich viel am Lustspiel gearbeitet; es kann ausgelassen genug werden.«[15] Drei Tage hernach, am Dienstag, dem 27. November 1906, wird er entlassen – im Koffer die Bücher, die er in der Zelle gelesen und exzerpiert hatte, und das Manuskript des angefangenen Stückes.

Arbeit am Text

Das Stück heißt zunächst »Papa Beermann«.[16] Daß der 1. Akt, vor allem die Unterhaltung »zwischen Beermann und Fräulein Lund«, so mühsam flüssig wurde, beschäftigt den Autor. »Es sollen darin gute Sachen über die Sittlichkeitsbewegung gesagt werden, welche dabei lustig und bühnenfähig bleiben sollen.«[17] Wenn man den »Alten«, d. h. Rentier Beermann, auf den Lizentiaten Weber oder den Hofprediger Bohne – unbeschadet von deren wahrem Charakter – beziehen will, so fragt sich, wer hinter dem »Fräulein Lund« stecke.

Die Lund ist die durchweg positive Gegenfigur, von der »man weiß, daß sie freigeistig ist«.[18] In sie legt der Autor ein – sein – ganzes Programm, das er nach dem Abschluß noch einmal erläutert: »Den ersten Akt habe ich absichtlich ohne starke Handlung gelassen. Zum ersten wollte ich Ansichten schildern, hauptsächlich aber zeigen, daß gerade eine feingebildete Frau alle Gründe gegen Heuchelei und Prüderie finden soll. Ich gab die Herrenwelt als minderwertig.«[19] Daß diese Frau einen skandinavischen Namen bekam und auf allen Textstufen behielt, spricht für eine geschlossene und folgerechte Konzeption. Dies läßt an die Verfasserin jenes Buches denken, in dem Thoma »manches gute Wort« findet und woraus er sich am 28. Oktober, also am 13. Tage der Haft, zwei Zitate abschreibt, nämlich aus Ellen Keys umfänglicher Abhandlung »Über Liebe und Ehe«. Das eine Zitat handelt von den Problemen der Monogamie, das andere von der zu überwindenden »Halbheit« des Luthertums in bezug auf die Ehe.[20] Jenes Buch war 1904 auf deutsch erschienen; die Autorin war schon berühmt. Mit einem leidenschaftlichen, sich auf Jean-Jacques Rousseau berufenden Programm hatte die schwedische Reformerin eine neue Erziehung gefordert und um 1900 das »Jahrhundert des Kindes« angekündigt. Mit ihrem ähnlich bewegenden Buch »Über Liebe und Ehe« hatte Thoma jene Ansichten zur Hand, die er dem schwedisch benamsten Fräulein, der er zunächst »Reformkleid und kurzen Haarschnitt« verordnete, in den Mund legte. Das Programm in die »Natürlichkeit« einer Salon-Unterhaltung zu übertragen machte ihm zu schaffen. Denn mit dieser Figur wollte er »nicht bloß entwickeln, sondern zum ersten- und letztenmal im Stück die vernünftigen Ansichten gegen die Heuchelei ins Feld führen«.[21] In diesem Sinne wird der »Anfang umgeschmissen«. Er ordnet hier noch den 1. den folgenden Akten über: »In den beiden anderen Aufzügen mag nur die Verlegenheit geschildert werden, die sich ergibt, wenn ein verlogenes Prinzip auf die

Probe gestellt wird.« Und diese Stichworte legt er Frau Lund und Justizrat Hauser (dessen Urbild Conrad Haußmann ist) am Ende des 1. Aktes in der Endfassung als Wortspiel in den Mund: »FRAU LUND. Darum kommt man nie aus der Verlogenheit heraus.

HAUSER. Aber manchmal in die Verlegenheit hinein. Wir werden das allernächstens auch hier erleben.«[22]

Die Keimworte des Tagebuchs wuchsen sich also aus. Aus den »guten Worten« der Ellen Key speisen sich die »vernünftigen Ansichten gegen die Heuchelei« des »Fräulein Lund«, die zur lebenserfahrenen, »freigeistigen«, »feingebildeten«. Frau Lund wird, die Beermanns Tochter »Gustl« (später »Effie«) einfach in allem recht gibt und Beermanns politische Unerfahrenheit ebenso offen rügt wie die Parolen seines Vereins. Frau Lund bringt vor, was Ellen Key über Liebe, Ehe und Familie geschrieben hatte: daß die Öffentlichkeit von den Frauen eine einheitliche, tadellose Moral erwarte; die Männer feierten zwar »›das Weib‹ und die ›reine Liebe‹, die ›Gattin‹ und ›Mutter‹«, sprächen aber nur von der »Tagseite des Lebens – am liebsten von der Sonntagsseite«, »während die Nachtseite verschwiegen« bleibe.[23] Diese Scheinmoral spreche »in Reichstagen und Stadtvertretungen; sie steht ordensgeschmückt und breitschultrig als die den ›auflösenden Tendenzen der Zeit‹ zum Trotz gesellschaftserhaltende Macht« da.[24] Entsprechend endet schon der Stadelheimer Entwurf mit der Berufung auf eine »Sittlichkeit«, die den Skandal mit Geld – hier 25 000, später 15 000 Mark – verhindert. »Die öffentliche Moral verlangt diesen Schritt.« Der Adjutant würdigt des Reichstagskandidaten Beermann scheinheilige Maxime: »Ich verstehe Ihre Gründe und ich ehre sie. Und das sage ich Ihnen, der Hausorden ist Ihnen sicher.« So der Schluß des ersten Entwurfs zum 3. Akt.

Daß der Autor der Scheinmoral auch früher und anderweitig zu Leibe gerückt war, daß er eines seiner Hauptthemen behandelte, war die Voraussetzung dafür, daß er die Key zur Lund machen konnte. Unter dem Aspekt der neuen Moral notierte er – im Gefängnis – Gedanken, Stoffe und Motive aus Zeitungen und einem weiteren in die Zelle mitgebrachten Werk, nämlich Arthur Schopenhauers »Grundlagen der Moral«: »die wahre Basis der

Moralität ist das Mitleid«.[25] Auch diese Maxime seines Lieblingsphilosophen legt er der Frau Lund in den Mund; Beermann muß es als Zynismus empfinden, daß der Verkehr eines jungen Mannes mit einer käuflichen Frau moralischer wirken solle als der Eintritt in den Sittlichkeitsverein – weil dem »schlechten Geschöpf« gegenüber das Mitleid wach werden könnte. »Dann hat er etwas Wirkliches für seine Moral gewonnen«, hält Frau Lund ihm vor.[26] Diese Relativierung konventioneller Wertungen und ihr Ersatz durch eine individuell zu gewinnende, »alleinige Quelle uneigennütziger Handlungen« – so Thomas Zusatz zu jenem Schopenhauer-Zitat[27] – ist auch ein Grundsatz Ellen Keys. Daß beider Ansichten in einer Figur – der Frau Lund – vereinigt werden, gibt dieser das Gewicht und grundiert deren Moral, die Thoma eigentlich bieten will.

Dies als amüsante Konversation zu formulieren und die Handlung einem Höhepunkt überlegt zuzuführen kostete den Autor Mühe. »Die ersten Szenen müssen geändert werden. Nicht zu rasch ins Sittlichkeitsthema« – so die Notiz, die Thoma in eine Skizze der letzten Szenen des 1. Aktes einfügt. Die erste Fassung des 3. Aktes vereint das »Trio« Polizeipräsident, Beermann und das »Weibsbild«, das hier noch »Julie Berg« und »Madame de Montagne« heißt. Der Präsident tritt auf, wie es Assessor Ströbel in den letzten Fassungen tut: Er ist zu gnadenloser Untersuchung entschlossen, wundert sich höchlich über Beermanns verzweifelten Einspruch und hält ihm das Tagebuch vor die Nase, bis Beermann gesteht, auch er sei »eben mal« zu der Berg gegangen; doch die nennt ihn einen »Stammgast« und schiebt seine Drohung, sie werde »peinlichst ... über ihre Vergangenheit« befragt, anzüglich beiseite: »Sie war mir nie hinderlich im Verkehr mit sehr hohen Personen.«

Dieses »Trio« ließ Thoma fallen und erhöhte die Situationskomik, indem er vor der Vorführung der Delinquentin ein »Duett« von Präsident und Beermann über die Szene gehen ließ; der Präsident hat das Tagebuch der »Hochberger« schon gelesen, und nun wird Beermann um Hilfe bei dessen Auswertung gebeten:

»Präs. Die Person hat nicht alle Namen ausgeschrieben. Bei manchen ist bloß der Anfangsbuchstabe angegeben. (blättert im Buch).

Beerm. Aber, ... was? Aber was soll denn ich dabei?

Präs. Sie kennen doch jeden Menschen hier. Zum Beispiel da ist gleich wieder bloß der Buchstabe, der dicke Herr M. und ein paar Punkte. Und da der fidele Herr B ...

Beermann *(heiser)* Der fidele Herr B ...?

Präs. M – ja. *(blättert weiter)*

Beerm. Aber das ist doch ...!

Präs. Was?

Beermann Das ist doch schrecklich, daß ein Anfangsbuchst. – eine Familie ruinieren soll. Ein bloßer Verdacht! Wie viel Namen gibt es, die mit M angehen.

Präs. Und mit B. ... *(Er hat immer im Buch geblättert)* da ist er schon wieder!

Beermann Wer?

Präs. Der fidele Herr B. horchen Sie nur ... Heute war der fidele Herr B. ... schon wieder da ... Er kommt jetzt überhaupt sehr oft.«

...

Polizeidiener Ich melde gehorsamst, die Hochberger ist da.«

Die Komödie und das Leben: das Tagebuch

Das Motiv des Tagebuchs hat Thoma von Anfang an verwendet. Man könnte es für ein Mittel der Salonkomödie oder eine Erfindung des Autors halten. Weder beim Kölner Sittlichkeitskongreß noch in der Gerichtsverhandlung, noch in den im Gefängnis notierten einschlägigen Zeitungsmeldungen taucht es auf. Wir führen daher eine Erzählung an, die Manfred Schwarz von »einem Freund« in Rottach gehört haben will.[28] Sie könnte in der Tat darauf hindeuten, woher das Motiv kam, weshalb der Autor es so genießerisch und immer an den Höhepunkten der Handlung einsetzte und an ihm als einem höchst bühnenwirksamen Dingsymbol auf allen Textstufen festhielt. Eine derartige, um ein frivoles Tagebuch gesponnene Geschichte habe sich – so Manfred Schwarz – »in den 70er, 80er Jahren des vorigen Jahrhunderts ... teils im Orte (Rottach), teils in einem ... Gebirgstal« tatsächlich zugetragen. »Damals lebte da hinten in dem gegen

Tirol zu verlaufenden Tal ein Förster, der eine Frau hatte, ›die ned neidig war und de andern a was zuakomma hat lassn‹, wie mein Gewährsmann meinte. Den Freunden, die sie, wenn ihr Mann zur Jagd gegangen war, empfing, gab sie Noten für ihr gutes Betragen, die sie in ein Büchel eintrug, das sie unter ihrem Kopfkissen verwahrte. Die Skala der Benotung ging von 1 bis 10. Eins war die Anerkennung für die beste Leistung. Diese Note bekam nur ein Tapezierer, damals ein junger Bursche, der immer wieder auf Stör ins Haus gerufen wurde, um schadhaft gewordene Matratzen zu reparieren. Von ihm hat mein Freund und Gewährsmann viele Jahre später auch die Geschichte erfahren. Eines Tages ereignete sich dann halt doch, was sich unvermeidlich in solchen Fällen ereignen mußte. Der Förster, der früher als vorgesehen von der Jagd heimkam, erwischte den Tapezierer und fand auch das Büchel, in das die Försterin die Benotung ihrer Freunde einzutragen pflegte. Der Förster wollte darauf beim Bürgermeister die Scheidung beantragen, doch sei er schließlich davon durch das vereinte Bemühen einiger angesehener Bürger abgebracht worden, die auch – allerdings mit schlechten Noten – in dem Büchlein verzeichnet waren. Man war schließlich zur Überzeugung gekommen, daß eine öffentliche Verhandlung Dinge zur Sprache brächte, die für keinen der Beteiligten recht erfreulich gewesen wären.«

Ob es so gewesen ist? Wer kann es nachprüfen? Die meisten Themen und Motive Thomas sind allerdings den Tatsachen näher, als man meint. Die ausgefeilte Darbietungsform täuscht darüber hinweg: Sie reichert das vereinzelte Faktum an und bringt das Zufällige in einen Zusammenhang.

Die Komödie und das Leben: Ninon – Marion

So wie das Tagebuch als Requisit, so bestimmt »die Person« oder »das Weibsbild« die Komödie durchweg. In dem angeführten Entwurf ist aus »Julie Berg« bereits »die Hochberger« geworden, und zuletzt heißt »die Dame« »Therese Hochstetter«. Immer haben die Figuren sich ihre Namen ins Französische übersetzt: »de Montagne«, »de Haute Montagne« und »de Haute Ville« – in Namen, die – so die Schlußfassung – »nach Patschuli riechen«,[29] jenem dunkelbraunen südasiatischen Duftöl, das den Ruch des Exotisch-Sündigen schnuppern lassen soll. Die Berg wie die Hochberger werden als geschäftsbewußte und deshalb diskrete Prostituierte für gehobene Ansprüche geschildert. Ihre Vergangenheit ist ohne Belang; sie sind nur Typ. Die Schlußfassung ändert gerade das. Was der Assessor dort über die Herkunft der Hauteville vorbringt, wertet diese auf und macht sie zur Person ohne Anführungsstriche, zur Persönlichkeit; der Präsident bestätigt es mit einem einschränkenden, aber vorausweisenden Kompliment:

»STRÖBEL. Sie ist in guten Verhältnissen aufgewachsen. Ihr Vater war peruanischer Konsul, ist aber später verarmt, und sie war verheiratet mit einem Legationsrat. Seit vier Jahren ist sie geschieden.

PRÄSIDENT. Also eigentlich eine gebildete Person.«[30]

Die Aufwertung der zweiten weiblichen Hauptfigur zu einer immer respektableren Frau von Herkunft, Bildung und Kontenance ist eine der bedeutenden Änderungen; der Austausch des Titels gehört dazu: Aus der Posse um einen mühsam und kostspielig vertuschten Skandal (wie Thoma ihn in »Papas Fehltritt« genüßlich und detailfreudig erzählt hat)[31] wird die gedankenvolle und dennoch launige Komödie einer konventionsüberschreitenden Sittlichkeit, die Pflichten und Ungezwungenheit kennt und anerkennt und in das Ermessen der Beteiligten stellt.

Ein Einfall: die knapp, aber plastisch geschilderte Herkunft der Hauteville erinnert an das Flair des Exotischen und Unkonventionellen, womit Thomas Frau Marion die städtische wie erst recht die ländliche Umwelt beunruhigte. Die damals fünfundzwanzigjährige Tänzerin Maria Trinidad de la Rosa, genannt Marietta di Rigardo, »war in Manila auf den Philippinen geboren, ihre Mutter hatte spanisches Blut, ihr Vater war Schweizer Konsul ... Thoma war hingerissen von ihrem fremdländischen Temperament, dem schwarzen Haar und den dunklen Augen, von dem Unbürgerlich-Außergewöhnlichen, das aber kein Bohèmetum war. Zwei Welten stießen zusammen.«[32]

Das Außerordentliche in eine Dauer zu bringen war nicht leicht – schon aus rechtlichen Gründen. Marion war noch mit dem

Berliner Schriftsteller und Komponisten Georg David Schulze verehelicht, dem »Begründer des Kabaretts ›Poetenbänkel im siebten Himmel‹«.[33] »In diesem Naturkind, das so unbefangen über streng gehütete Begriffe weghüpft, und oft mehr Pariser Spitzen und Wäsche zeigt, als für Kommerzienratstöchter honorable ist, lebt ein so tiefer Ernst, edle Bildung und ein Künstlertum, daß ich – Dir darf ich es gestehen – vor ihr wie vor einem Märchen stand ... Wenn wir Tennis spielen, ist immer große Gesellschaft aus Tegernsee da. Ich glaube, das Viehzeug fährt eigens herüber, um Marion anzuglotzen und sich die Frau zu zeigen, ›die mit dem Thoma durchging‹.«[34] So schildert er die Geliebte dem Freund und Vertrauten Ludwig Ganghofer – im Juli 1905. Als Marion ihn am Ende der Haft vor dem Stadelheimer Tor erwartete, war sie im bürgerlichen Sinn noch nicht seine Frau – trotz der »Hochzeit«, die man – eben im Juli 1905 – in Berlin mit Ringen, aber ohne Gang zum Standesamt oder Traualtar gefeiert hatte. Marions Scheidung zog sich hin; Thoma kaufte sie regelrecht ihrem Mann ab, und die Ehe wurde erst am 26. März 1907 rechtsgültig geschlossen.
Der Autor erklärte das Stück am 12. September 1908 für fertig; bis in den folgenden Monat hinein feilte er daran. Schon am 21. Oktober 1908 schickte er ein erstes Exemplar an Conrad Haußmann.[35] Daß er daneben noch für den »Simpl« und den »März« zügig schreiben konnte, führte er – mit Recht – auch auf das Glück zurück, das ihm mit Marion in der »Tuften« beschert war. Am 1. Mai 1908 hatten sie das Haus eingeweiht; aus der Zelle heraus hatte er es mit Ignaz Taschner geplant.[36] Das unsichere Zusammenleben schien damit zu Ende. Doch jene Jahre verklärten sich wehmütig, denn die Ehe scheiterte. Im Sommer 1911 wurde sie geschieden. Daß Thoma Marions polygame Auffassungen anfangs übersehen, dann dulden und schließlich finanzieren wollte, zeigt die Stärke seines Vorsatzes, unbürgerlich zu sein. Jahrelang hatte er sich darüber hinweggesetzt, daß Marion noch mit einem anderen verheiratet war. Nun wollte er ihr großzügiger Beschützer bleiben. Die in der »Moral« planvoll durchgeführte Aufwertung unkonventioneller Beziehungen zwischen Mann und Frau ist auch als halbbewußte, verschlüsselte Rechtfertigung seines Verhältnisses zu Marion zu lesen. –

Am Ende mögen die beiden sich in der Situation der Beermanns gesehen haben, die die Wahrheit mit dem Eingeständnis erkauften, daß man einander fremd geworden sei. Thoma schonte sich weder in der Auseinandersetzung mit Marion noch gegenüber den Freunden Taschner: »Die Offenheit tut uns beiden wohl, und wir sagen uns, daß unsere Ehe ein Irrtum war ... Ich war in meiner Ehe ein Oberlehrer und Grandlhuber und habe ihre Zärtlichkeit so oft abgewehrt, bis sie erstickte. Jetzt bin ich als freier Mensch ihr herzlicher Freund.«[37]

Erfolg und Wirkung

Den Erfolg der »Kumedi« erlebten Marion und Thoma noch vereint. Bereits am 20. November 1908 stellte Viktor Barnowsky das Stück auf dem »Kleinen Theater« in Berlin vor; es war die erste Uraufführung außerhalb Bayerns. Einen Tag später sahen es die Münchener – unter J. Georg Stollberg im Schauspielhaus, den heutigen Kammerspielen. Dem Münchener Hoftheater war die »Moral« zu unmoralisch. Entsprechend klang die Kritik der »Münchner Neuesten Nachrichten«: »Die über alle Maßen freigeistige Frau Lund z. B. dürfte ruhig die Hälfte ihrer etwas aufdringlichen Weisheit für sich behalten ... Echter Thoma sind dagegen die kurzen sarkastischen Bemerkungen.« Auf sie und auf die Schauspieler führte der Kritiker das »alle kritischen Anfechtungen« wegschwemmende »unbändige Gelächter« der Zuschauer zurück.[38] Auch in Berlin mäkelte man mehr, als man lobte: »Eine echte, wohlgelungene Bühnenfigur ist eigentlich nur der deutschnationale Oberlehrer. Die übrigen, auch die Hauptfiguren, sind nicht kräftig genug herausgearbeitet ... zu lebendigen Menschen fehlt ihnen noch viel.«[39] Aber mit diesem Stück hat Thoma sich auf den deutschsprachigen Bühnen durchgesetzt, und der Erfolg blieb ihm treu. Zwei Jahre später konnte er den Taschners händereibend melden: »Denkt Euch nur, mir haben sie beim Rentamt 11000 Mk Steuern aufgebrummt als Nachzahlung für Moral etc. Dabei glaubten sie, daß Moral nur 80000 eintrug.«[40] Bis 1921 war es über eine Million.[41]

Das Publikum, die Schauspieldirektoren und die Regisseure honorierten den Autor fortan, wenn auch die zünftige Kritik nicht immer Beifall spendete. 1932 eröffnete Barnowsky die Leitung des Komödienhauses in Berlin mit der erneuerten »Moral«. Kurt Pinthus lobte dies, weil es »heute keine Bühne wage, was im Kaiserreich möglich war, eine gegenwartsgeißelnde Komödie zu spielen«.[42]

Aufs ganze gesehen, blieben Kritiker und Publikum unterschiedlicher Meinung. 1973 urteilte Friedrich Luft: Thomas »Kampf gegen die Philister, vor einem halben Jahrhundert und mehr, erscheint uns heute fast läppisch. Er war es nicht. Thoma ging in den Knast. Er reizte seine Mitwelt wirklich. Er tat ihr vorsätzlich weh. Davon ist fast nichts übrig geblieben. Sein immerhin bestes Stück ›Moral‹ ist mit den Jahrzehnten arglos geworden.«[43]

Die Urteile hängen auch von der Inszenierung ab. So sprach Clara Menck 1975 von einem »unzerstörbaren Konversationsstück«: »Geblieben ist, wie bei allen guten Stücken, die innere Aktualität, hier die Frage, wieweit Ehrlichkeit in einer Gesellschaft möglich, wieweit etwas Heuchelei für sie nützlich ist. Ob man auf diese innere Aktualität setzt oder aber aus der Komödie eine Groteske macht, ist die Frage für eine heutige Aufführung. Die Ruhrfestspiele hatten sich klar entschieden: Kostüm ja, Kostümstück und Karikatur nein. Damit verzichteten sie auf billige Effekte und wurden dafür der Qualität von Thoma gerecht.«[44]

Thomas Qualität

Thomas Stück lebt von dem Widerspruch zwischen Wirklichkeit und Ideal, dem Auseinandergehen von Schein und Sein. Das hat Friedrich Schiller das Kennzeichen der Satire genannt. Die Erkenntnis und Aufdeckung aber kommen nicht von außen. Die Handlung wird aus dem Bereich angestoßen, der am Schluß kaum verändert dasteht; auch die Entscheidung fällt in den Personen. Die anonyme Anzeige aus dem Sittlichkeitsverein bringt den Stein ins Rollen, und der wortgewaltige Vorstand wendet alles auf, um ihn aufzuhalten. Dies scheint zu gelingen; es scheint alles beim alten zu bleiben, nichts scheint geschehen zu sein – aber auf diesen Schein kommt es an. Ihn offenkundiger, ja eindeutig zu machen, ist das Ziel jener zweijährigen Umarbeitung, die die zahllosen Wortwitze und nur komischen Situationen folgerecht ausmerzt und dafür die Handlung tragend macht. Die aus den Charakteren zutage tretende Zwielichtigkeit ist wichtiger als die geistreichen Beurteilungen, mit denen die eine Gruppe die andere bedenkt. Daß die einen: Frau Beermann, Frau Lund und Justizrat Hauser, sich immer eindeutiger von den unsauberen Helden des Vereins, der Polizei und des Hofes absetzen, bringt die andere Gruppe in Zugzwang und macht eine Lösung unausweichlich.

Die Lösung aber ist um so ideeller geworden, je geringer die faktische Veränderung ist. Aus dem possenhaften Vorführen eines vor der öffentlichen Blamage stehenden Rentiers wird die Parabel von sittlichen Grundsätzen und deren tatsächlicher Bedeutung. Aber ist die Parabel heute interessant? Ist der Hinweis auf die Trennung von Wirklichkeit und Ideal noch griffig oder gar bissig? Gilt noch, daß die Gleichheit vor dem Gesetz ein dehnbarer Begriff werden kann? Oder ist die vorgeführte Verflechtung von Moral, Geld und Macht hinfällig geworden? Und wie ist es mit dem Verhältnis von Mann und Frau – in und außer der Ehe? Der 3. Akt mit der von Frau Beermann erzwungenen Aussprache ist die ernsteste Szene des Stücks; auch sie stimmt zu Schillers Definition, die die »ernste Satire« als Vorstufe zur Tragödie ansieht. Jene Szene könnte leicht einen negativen Schluß vorbereiten – indem sie die Erkenntnis unversöhnlich werden ließe, daß eine sechsundzwanzigjährige Ehe nicht nur »eine Dummheit«, sondern eine Lüge war, ja daß die Wahrheit nur angedeutet werden darf, wenn diese Ehe in der nach außen nötigen Vortäuschung der Wohlanständigkeit weitergeführt werden soll. Daß der Hinweis der Frau, »nicht auf ein sogenanntes Recht eifersüchtig« zu sein, daß sie sich trotz »dieser Heimlichkeiten und kleinen Lügen ... das kameradschaftliche Gefühl« erhalten habe und nur um dieses bittet, wenn sie immer wieder sagt: »Blamiere uns nicht!«, das ist so vielsagend, daß das Ende eines der Beteiligten leicht einzuführen gewesen wäre. Aber die Entblößung und eingestandene Erniedrigung werden in den

Verlachton der Satire einbezogen – aufgrund eines versöhnlichen Eingeständnisses: so sind wir Menschen.
Wie endet also diese Art von Einsicht? Die Gesellschaft bleibt, wie sie war: Die Ehrlichen bleiben ehrlich, die Heuchler ändern sich nicht, sondern heucheln aus Vorsatz und durch den Beifall, ja den Orden der Obersten ihrer Zunft gestärkt und bestätigt, und niemand weiß mehr als das, was er zu Anfang schon wußte, allenfalls anders, deutlicher. Nur der Zuschauer hat alles erfahren, und sein »unbändiges Gelächter schwemmt alle kritischen Anfechtungen hinweg«, wie bei der Münchener Erstaufführung. Er macht sich drei Stunden lang zum Komplicen jener Ehen aus Lüge und Wahrheit, fühlt abwechselnd mit dieser oder jener Partei mit, denkt sich vorübergehend in einige Figuren hinein und geht um nichts gebessert nach Hause. Und bleibt nicht außerhalb seines Hauses wie des Theaters alles beim alten, wie auf der Bühne? Und dennoch ist da etwas gewesen, was nicht mehr wegzudenken ist.
Was hatte Schiller von der Satire verlangt? In ihr habe der Autor den »Widerspruch der Wirklichkeit mit dem Ideal zum Gegenstand« zu machen und »die Wirklichkeit als Mangel dem Ideal als höchste Realität« gegenüberzustellen. Die Wirklichkeit und das Ideal ändern sich; daß sie jedoch an einem Ideal gemessen und daß ein Ideal als »höchste Realität« angesehen werde, ist der Kern der Satire – als Gattung wie als Ton. Steckt der Kern in der Sache selbst, tritt er aus den Charakteren und Konstellationen notwendig hervor und macht jede Szene ihn deutlicher, so ist das allgemeine Qualitätsgesetz erfüllt. Wird er zur immer durchsichtigeren Zwielichtigkeit, macht er jenen Widerspruch am Ende in bloßer, ja zynischer Deutlichkeit sichtbar und nötigt er dem Zuschauer nicht nur »unbändiges Gelächter«, sondern auch die jähe Erkenntnis ab: das bin ich, dann ist aus der Kunst-Handlung die Satire geworden, die sich in sich schließt und gerade dadurch sie selber bleibt. Das aber ist die Kunst-Qualität von Thomas »Moral«.

Zum Text

Die Erstausgabe der »Moral« hatte Thoma Ende Oktober 1908 vorliegen. Für die rasch aufeinanderfolgenden frühen Einzelausgaben überarbeitete er den Text erneut, vor allem die Schlußszene des 1. Aktes.
Daher wird der Text hier nach der ersten Sammelausgabe geboten, die kurz nach Thomas Tod herauskam: Ludwig Thoma, Gesammelte Werke. Bd. 1–7. München: Albert Langen 1922. Die »Moral« steht in Bd. 6, S. 131–213. Offenkundige Fehler wurden berichtigt, die Rechtschreibung wurde vereinzelt auf den heutigen Gebrauch umgestellt.

Bibliographie

Werke

Stellen aus der »Moral« werden entweder nach dieser Ausgabe oder nach den handschriftlichen Entwürfen zitiert. Für die Erlaubnis zum Abdruck sei der Monacensia- und der Handschriftenabteilung der Stadtbibliothek München gedankt.
Alle anderen Zitate nach:
Ludwig Thoma, Gesammelte Werke in sechs Bänden. Erweiterte Neuausgabe. Bd. 1–6. München: Piper Verlag 1968. (Angeführt als: GW)

Briefe und Lebenszeugnisse

Ludwig Thoma. Ein Leben in Briefen (1875–1921). Hrsg. von Anton Keller. München: Piper Verlag 1963. (Angeführt als: LB)
Ludwig Thoma – Ignatius Taschner. Eine Bayerische Freundschaft in Briefen. Hrsg. und kommentiert von Richard Lemp. München: Piper Verlag 1971. (Angeführt als: TT)
Otto Gritschneder, Angeklagter Ludwig Thoma. Unveröffentlichte Akten. Rosenheim 1978. (Angeführt als: G)
Ludwig Thoma. Vom Advokaten zum Literaten. Unbekannte Briefe. Hrsg. und kommentiert von Richard Lemp. München: Piper Verlag 1979. (Angeführt als: AL)

Gesamtdarstellungen. Nachweis von Quellen und Schrifttum

Fritz Heinle, Ludwig Thoma. In Selbstzeugnissen und Bilddokumenten. Reinbek 1963. – Bibliographie: S. 165–170. (Angeführt als: Heinle)
Ludwig Thoma zum 100. Geburtstag. Hrsg. von der Stadtbibliothek München. Für die Herausgabe verantwortlich: Richard Lemp. München 1967. – Das Ludwig-Thoma-Archiv der Stadtbibliothek München: S. 7–67; Literatur über Ludwig Thoma in der Stadtbibliothek München: S. 69–109; Ludwig Thoma – seine Zeit und seine Zeitgenossen: S. 111–133; Ludwig Thomas Bühnenwerke. Ihre Erstaufführung und ihre Darsteller: S. 135–143.
Peter Haage, Ludwig Thoma. Bürgerschreck und Volksschriftsteller. München 1982. – Bibliographie: S. 255–262. (Angeführt als: Haage)

Anmerkungen

1 G 10–14.
2 G 23 f.
3 G 59 ff.
4 G 29.
5 G 145.
6 G 34–36, 47–53, 56, 54.
7 G 17 f., 28–31, 45–104.
8 G 113.
9 Der »Simplicissimus« brachte davon in Nr. 34 des 11. Jahrgangs, 19. 11. 1906, S. 536, eine Abbildung; vgl. G 121.
10 G 115 u. ö.
11 TT 64.
12 GW I, 302.
13 GW I, 306.
14 GW I, 325.
15 GW I, 349.
16 GW I, 306.
17 GW I, 316.
18 S. 25.
19 LB 210 f.

20 GW I, 316.
21 LB 210f.
22 S. 28.
23 Ellen Key, Über Liebe und Ehe. Essays. Deutsch von Francis Marco. Berlin: S. Fischer 1904, S. 317.
24 Key 318.
25 GW I, 320.
26 S. 24.
27 GW I, 320.
28 In: Münchner Merkur Nr. 123/124, 1./2. 10. 1949 (S. 1 der Beilage »Bayerische Heimat«).
29 S. 29.
30 S. 32.
31 In: Papas Fehltritt. 3 Erzählungen. München: R. Piper 1978; auch in GW III, 555–577.
32 Heinle 97f.
33 Haage 76.
34 Heinle 99.
35 LB 210f.
36 TT 65–69.
37 TT 133.
38 Emil Grimm, in: Münchner Neueste Nachrichten, 24. 11. 1908.
39 Paul Goldmann, in: P. G., Literatenstücke und Ausstattungsregie. Polemische Aufsätze über Berliner Theater-Aufführungen. Frankfurt a. M.: Rütten und Loening 1910, S. 186–198. – Daß die Figur des »Gymnasiallehrers Otto Wasner« so gefiel, hat seinen Grund: Wasner ist nach einem in München tätigen Vertreter der Sittlichkeitsbewegung geformt, dessen wirklicher Name in den Stadelheimer Entwürfen des 1. Aktes genannt und der zunächst noch – wie viele Figuren – anders benamst wird: »Nach der Szene (3) Frl. *Lund*, *Beermann*; kommen zwei Freunde ein Professor Richard Grimme; Deutschtümler, (ein alter) Germane mit Phrasen à la Ludwig Kemmer«. Diese stehen in Kemmers Schrift »Die graphische Reklame der Prostitution. Nach amtlichem Material und nach eignen Beobachtungen geschildert«. Die Broschüre war 1906 in München bereits im 4. und 5. Tausend erschienen; für deren Besorgung danke ich Andreas Wild. – Kemmer griff (S. 40ff.) den »Simplicissimus« wegen der Anzeigen für Akt- und Nacktphotos ebenso an wie die »Jugend« und nannte die Verkäufer solcher Bilder »fluchwürdiges Gesindel«, das »bayerische Pornographie« als »passende Gegengabe für manches Produkt des nordischen Naturalismus« nach Skandinavien exportiere. Auch die Stadt München leide darunter Schaden:

»Daß deutsche, besonders bayerische Pornographen sich das Ziel gesetzt haben, die nordgermanischen Völker zu verseuchen und daß in dänischen, norwegischen, schwedischen Ohren der Klang des Namens München einen Nebenton hat wie in deutschen der Name Paris, muß man nach Angeboten deutscher Pornographie in dänischen und schwedischen Zeitungen vermuten.« (S. 44) – Die Handlung um Professor Grimme bzw. Wasner gehört also unmittelbar in den Streit um die Lex Heinze und den Kampf um den »Schaufensterparagraphen« (d. h. die Erweiterung des Paragraphen 184a des Reichsstrafgesetzbuchs). Das belegen auch die Stadelheimer Entwürfe. Im 1. Akt erregt sich der Polizeipräsident darüber, daß eine Nachbildung der Mediceischen Venus konfisziert und ihm als Corpus delicti vorgelegt wird, die in einem Geschäft ausgestellt war, an dem Schulkinder vorbeikommen mußten. Auch Beermann muß sich zu der Statue äußern, bevor er mit dem Tagebuch der Julie Berg konfrontiert wird. Die späteren Fassungen lassen das Motiv fallen.

40 TT 134.

41 Haage 114.

42 Kurt Pinthus, Sieg der »Moral«. Ludwig Thomas wieder aktuelle Komödie im »Komödienhaus«. In: Acht Uhr Blatt, Berlin 16. 9. 1932.

43 Friedrich Luft, Pläsier im Staatstheater? Ludwig Thomas »Moral« im Berliner Schillertheater. In: Die Welt, 17. 2. 1973.

44 Clara Menck, Ludwig Thomas »Moral« im Fernsehen. Ein unzerstörbares Konversationsstück. In: Frankfurter Allgemeine Zeitung, 14. 10. 1975.

Ludwig Thoma

Münchnerinnen
Roman. Mit einem Nachwort von Bernhard Gajek.
1984. 209 Seiten. Serie Piper 339

Papas Fehltritt
3 Erzählungen.
1978. 113 Seiten mit 3 Vignetten. Piper-Präsent

Der Postsektretär im Himmel und andere Geschichten
Einführung von Johann Lachner. 1983. 217 Seiten. Piper-Präsent

Die schönsten Romane und Erzählungen
Jubiläumsausgabe in sechs Bänden. Herausgegeben von Richard Lemp. 2. Aufl., 67. Tsd. 1983. 2053 Seiten. Geb.

Tante Frieda
Neue Lausbubengeschichten.
Mit 38 Zeichnungen von Olaf Gulbransson.
14. Aufl., 261. Tsd. 1983. 170 Seiten. Piper-Präsent
(Auch in der Serie Piper 379 lieferbar)

Der Wilderer und andere Jägergeschichten
Mit einem Nachwort von Bernhard Gajek.
1984. 119 Seiten. Serie Piper 321

Ludwig Thoma

Altaich
Eine heitere Sommergeschichte.
4. Aufl., 171. Tsd. 1980. 263 Seiten. Piper-Präsent

Für Politiker
Herausgegeben von Günther Lutz. 1980. 150 Seiten. Piper-Präsent

Heilige Nacht
Eine Weihnachtslegende. Mit Zeichnungen von Wilhelm Schulz.
22. Aufl., 169. Tsd. 1984. 64 Seiten. Geb.
(Auch in der Serie Piper 262 lieferbar)

Jozef Filsers Briefwexel
20. Aufl., 614. Tsd. 1983. 188 Seiten. Piper-Präsent

Käsebiers Italienreise
2. Aufl., 20. Tsd. 1976. 85 Seiten. Piper-Präsent

Lausbubengeschichten
Aus meiner Jugendzeit. Mit 35 Zeichnungen von Olaf Gulbransson.
24. Aufl., 511. Tsd. 1984. 149 Seiten. Piper-Präsent

Lausbubengeschichten – Tante Frieda – Jozef Filsers Briefwexel
1981. 355 Seiten. Geb.

Ein Leben in Briefen
(1875–1921). 1963. 503 Seiten und 26 Fotos. Leinen

Serie Piper

Fritz René Allemann 26mal die Schweiz. SP 5106
Franz Alt Frieden ist möglich. SP 284
Altes Testament Hrsg. von Hanns-Martin Lutz/Hermann Timm/
Eike Christian Hirsch. SP 347
Jürg Amann Ach, diese Wege sind sehr dunkel. SP 398
Jürg Amann Die Baumschule. SP 342
Jürg Amann Franz Kafka. SP 260
Stefan Andres Positano. SP 315
Stefan Andres Wir sind Utopia. SP 95
Ernest Ansermet Die Grundlagen der Musik. SP 388
Ernest Ansermet/J.-Claude Piguet Gespräche über Musik. SP 74
Hannah Arendt Macht und Gewalt. SP 1
Hannah Arendt Rahel Varnhagen. SP 230
Hannah Arendt Über die Revolution. SP 76
Hannah Arendt Vita activa oder Vom tätigen Leben. SP 217
Hannah Arendt Walter Benjamin/Bertolt Brecht. SP 12
Birgitta Arens Katzengold. SP 276
Atomkraft – ein Weg der Vernunft? Hrsg. v. Philipp Kreuzer/
Peter Koslowski/Reinhard Löw. SP 238
Ingeborg Bachmann Anrufung des Großen Bären. SP 307
Ingeborg Bachmann Frankfurter Vorlesungen:
Probleme zeitgenössischer Dichtung. SP 205
Ingeborg Bachmann Die gestundete Zeit. SP 306
Ingeborg Bachmann Die Hörspiele. SP 139
Ingeborg Bachmann Das Honditschkreuz. SP 295
Ingeborg Bachmann Liebe: Dunkler Erdteil. SP 330
Ingeborg Bachmann Die Wahrheit ist dem Menschen zumutbar. SP 218
Ernst Barlach Drei Dramen. SP 163
Giorgio Bassani Die Gärten der Finzi-Contini. SP 314
Wolf Graf von Baudissin Nie wieder Sieg.
Hrsg. von Cornelia Bührle/Claus von Rosen. SP 242
Werner Becker Der Streit um den Frieden. SP 354
Max Beckmann Briefe im Kriege. SP 286
Max Beckmann Leben in Berlin. SP 325
Hans Bender Telepathie, Hellsehen und Psychokinese. SP 31
Hans Bender Zukunftsvisionen, Kriegsprophezeiungen, Sterbeerlebnisse. SP 246

Serie Piper

Bruno Bettelheim Gespräche mit Müttern. SP 155
Bruno Bettelheim/Daniel Karlin Liebe als Therapie. SP 257
Klaus von Beyme Interessengruppen in der Demokratie. SP 202
Klaus von Beyme Parteien in westlichen Demokratien. SP 245
Klaus von Beyme Das politische System der Bundesrepublik Deutschland. SP 186
Klaus von Beyme Die politischen Theorien der Gegenwart. SP 211
Harald Bilger 111mal Südafrika. SP 5102
Der Blaue Reiter Hrsg. von Wassily Kandinsky und Franz Marc. SP 300
Norbert Blüm Die Arbeit geht weiter. SP 327
Jurij Bondarew Die Zwei. SP 334
Tadeusz Borowski Bei uns in Auschwitz. SP 258
Karl Dietrich Bracher Zeitgeschichtliche Kontroversen. SP 353
Alfred Brendel Nachdenken über Musik. SP 265
Raymond Cartier 50mal Amerika. SP 5101
Raymond Cartier Der Zweite Weltkrieg. Band I SP 281, Band II SP 282, Band III SP 283
Horst Cotta Der Mensch ist so jung wie seine Gelenke. SP 275
Carl Dahlhaus Musikalischer Realismus. SP 239
Gerhard Dambmann 25mal Japan. SP 5104
Denkanstöße '85. SP 371
Georg Denzler Widerstand oder Anpassung? SP 294
Dhammapadam – Der Wahrheitpfad. SP 317
Ulrich Dibelius Moderne Musik I 1945–1965. SP 363
Hilde Domin Von der Natur nicht vorgesehen. SP 90
Hilde Domin Wozu Lyrik heute. SP 65
Fjodor M. Dostojewski Der Idiot. SP 400
Fjodor M. Dostojewski Rodion Raskolnikoff. SP 401
Fjodor M. Dostojewski Sämtliche Erzählungen. SP 338
Hans Heinrich Eggebrecht Bachs Kunst der Fuge. SP 367
Hans Eggers Deutsche Sprache im 20. Jahrhundert. SP 61
Irenäus Eibl-Eibesfeldt Liebe und Haß. SP 113
Irenäus Eibl-Eibesfeldt Krieg und Frieden. SP 329
Einführung in pädagogisches Sehen und Denken Hrsg. von Andreas Flitner/Hans Scheuerl. SP 222
Erasmus von Rotterdam Die Klage des Friedens. SP 380

Serie Piper

Die erfundene Wirklichkeit Hrsg. von Paul Watzlawick. SP 373
Theodor Eschenburg Die Republik von Weimar. SP 356
Jürg Federspiel Museum des Hasses. SP 220
Joachim C. Fest Das Gesicht des Dritten Reiches. SP 199
Iring Fetscher Herrschaft und Emanzipation. SP 146
Iring Fetscher Karl Marx und der Marxismus. SP 374
Iring Fetscher Der Marxismus. SP 296
Andreas Flitner Spielen – Lernen. SP 22
Fortschritt ohne Maß? Hrsg. Reinhard Löw/Peter Koslowski/ Philipp Kreuzer. SP 235
Viktor E. Frankl Die Sinnfrage in der Psychotherapie. SP 214
Richard Friedenthal Diderot. SP 316
Richard Friedenthal Goethe. SP 248
Richard Friedenthal Jan Hus. SP 331
Richard Friedenthal Leonardo. SP 299
Richard Friedenthal Luther. SP 259
Harald Fritzsch Quarks. SP 332
Carlo Emilio Gadda Die Erkenntnis des Schmerzes. SP 376
Walther Gerlach/Martha List Johannes Kepler. SP 201
Jewgenia Ginsburg Gratwanderung. SP 293
Albert Görres Kennt die Religion den Menschen? SP 318
Goethe – ein Denkmal wird lebendig. Hrsg. von Harald Eggebrecht. SP 247
Erving Goffman Wir alle spielen Theater. SP 312
Helmut Gollwitzer Was ist Religion? SP 197
Tony Gray 5mal Irland. SP 5105
Martin Greiffenhagen Das Dilemma des Konservatismus in Deutschland. SP 162
Norbert Greinacher Die Kirche der Armen. SP 196
Grundelemente der Weltpolitik Hrsg. von Gottfried-Karl Kindermann. SP 224
Albert Paris Gütersloh Der Lügner unter Bürgern. SP 335
Albert Paris Gütersloh Eine sagenhafte Figur. SP 372
Albert Paris Gütersloh Sonne und Mond. SP 305
Olaf Gulbransson Es war einmal. SP 266
Olaf Gulbransson Und so weiter. SP 267
Hildegard Hamm-Brücher Gerechtigkeit erhöht ein Volk. SP 346
Hildegard Hamm-Brücher Der Politiker und sein Gewissen. SP 269

Serie Piper

Wolfram Hanrieder Fragmente der Macht. SP 231
Bernhard Hassenstein Instinkt Lernen Spielen Einsicht. SP 193
Bernhard und Helma Hassenstein Was Kindern zusteht. SP 169
Elisabeth Heisenberg Das politische Leben eines Unpolitischen. SP 279
Werner Heisenberg Schritte über Grenzen. SP 336
Werner Heisenberg Tradition in der Wissenschaft. SP 154
Jeanne Hersch Karl Jaspers. SP 195
Werner Hilgemann Atlas zur deutschen Zeitgeschichte. SP 328
Elfriede Höhn Der schlechte Schüler. SP 206
Peter Hoffmann Widerstand gegen Hitler. SP 190
Peter Huchel Die Sternenreuse. SP 221
Aldous Huxley Affe und Wesen. SP 337
Aldous Huxley Eiland. SP 358
Aldous Huxley Die Kunst des Sehens. SP 216
Aldous Huxley Moksha. SP 287
Aldous Huxley Narrenreigen. SP 310
Aldous Huxley Die Pforten der Wahrnehmung/Himmel und Hölle. SP 6
Joachim Illies Kulturbiologie des Menschen. SP 182
François Jacob Das Spiel der Möglichkeiten. SP 249
Karl Jaspers Die Atombombe und die Zukunft des Menschen. SP 237
Karl Jaspers Augustin. SP 143
Karl Jaspers Chiffren der Transzendenz. SP 7
Karl Jaspers Einführung in die Philosophie. SP 13
Karl Jaspers Kant. SP 124
Karl Jaspers Kleine Schule des philosophischen Denkens. SP 54
Karl Jaspers Die maßgebenden Menschen. SP 126
Karl Jaspers Nietzsche und das Christentum. SP 378
Karl Jaspers Philosophische Autobiographie. SP 150
Karl Jaspers Der philosophische Glaube. SP 69
Karl Jaspers Plato. SP 147
Karl Jaspers Die Schuldfrage/Für Völkermord gibt es keine Verjährung. SP 191
Karl Jaspers Spinoza. SP 172
Karl Jaspers Vernunft und Existenz. SP 57
Karl Jaspers Vom Ursprung und Ziel der Geschichte. SP 298
Karl Jaspers Wahrheit und Bewährung. SP 268

Serie Piper

Karl Jaspers/Rudolf Bultmann Die Frage der Entmythologisierung. SP 207
Tilman Jens Unterwegs an den Ort wo die Toten sind. SP 390
Walter Jens Fernsehen – Themen und Tabus. SP 51
Walter Jens Momos am Bildschirm 1973–1983. SP 304
Walter Jens Die Verschwörung/Der tödliche Schlag. SP 111
Walter Jens Von deutscher Rede. SP 277
Louise J. Kaplan Die zweite Geburt. SP 324
Friedrich Kassebeer Die Tränen der Hoffnung. SP 392
Wilhelm Kempff Was ich hörte, was ich sah. SP 391
Rudolf Kippenhahn Hundert Milliarden Sonnen. SP 343
Michael Köhlmeier Der Peverl Toni. SP 381
Leszek Kolakowski Die Gegenwärtigkeit des Mythos. SP 149
Leszek Kolakowski Der Himmelsschlüssel. SP 232
Leszek Kolakowski Der Mensch ohne Alternative. SP 140
Christian Graf von Krockow Gewalt für den Frieden? SP 323
Hans Küng Ewiges Leben? SP 364
Hans Küng Die Kirche. SP 161
Hans Küng 20 Thesen zum Christsein. SP 100
Hans Küng 24 Thesen zur Gottesfrage. SP 171
Konrad Lorenz Die acht Todsünden der zivilisierten Menschheit. SP 50
Konrad Lorenz Das Wirkungsgefüge der Natur und das Schicksal des Menschen. SP 309
Konrad Lorenz Über tierisches und menschliches Verhalten. Bd. I SP 360
Konrad Lorenz Über tierisches und menschliches Verhalten. Bd. II SP 361
Konrad Lorenz/Franz Kreuzer Leben ist Lernen. SP 223
Lust am Denken Hrsg. von Klaus Piper. SP 250
Lust an der Musik Hrsg. von Klaus Stadler. SP 350
Franz Marc Briefe aus dem Feld. Neu hrsg. von Klaus Lankheit/Uwe Steffen. SP 233
Yehudi Menuhin Ich bin fasziniert von allem Menschlichen. SP 263
Yehudi Menuhin Variationen. SP 369
Christa Meves Verhaltensstörungen bei Kindern. SP 20
Alexander Mitscherlich Auf dem Weg zur vaterlosen Gesellschaft. SP 45
Alexander Mitscherlich Der Kampf um die Erinnerung. SP 303
Alexander und Margarete Mitscherlich Eine deutsche Art zu lieben. SP 2
Alexander und Margarete Mitscherlich Die Unfähigkeit zu trauern. SP 168

SERIE PIPER

Hans Peter Thiel Erklär mir die Tiere. SP 5005
Hans Peter Thiel/Ferdinand Anton Erklär mir die Entdecker. SP 5001
Ludwig Thoma Heilige Nacht. SP 262
Ludwig Thoma Moral. SP 297
Ludwig Thoma Münchnerinnen. SP 339
Ludwig Thoma Tante Frieda. SP 379
Ludwig Thoma Der Wilderer und andere Jägergeschichten. SP 321
Giuseppe Tomasi di Lampedusa Der Leopard. SP 320
Franz Tumler Das Land Südtirol. SP 352
Das Valentin Buch Hrsg. von Michael Schulte. SP 370
Karl Valentin Die Friedenspfeife. SP 311
Vor uns die goldenen neunziger Jahre Hrsg. von Martin Jänicke. SP 377
Cosima Wagner Die Tagebücher. Bd. 1 SP 251, Bd. 2 SP 252,
Bd. 3 SP 253, Bd. 4 SP 254
Richard Wagner Mein Denken. Hrsg. von Martin Gregor-Dellin. SP 264
Paul Watzlawick Wie wirklich ist die Wirklichkeit? SP 174
Der Weg ins Dritte Reich. SP 261
Wege zum Sinn Hrsg. von Alfried Längle. SP 387
Johannes Wickert Isaac Newton. SP 215
Wolfgang Wickler Die Biologie der Zehn Gebote. SP 236
Wolfgang Wickler/Uta Seibt männlich weiblich. SP 285
Wolfgang Wieser Konrad Lorenz und seine Kritiker. SP 134
Wörterbuch der Erziehung Hrsg. von Christoph Wulf. SP 345
Wilhelm Worringer Abstraktion und Einfühlung. SP 122
Heinz Zahrnt Aufklärung durch Religion. SP 210
Dieter E. Zimmer Die Vernunft der Gefühle. SP 227